UN CIEL BLEU
COMME UNE CHAÎNE

VALÉRIE VAN OOST

UN CIEL BLEU COMME UNE CHAÎNE

Roman

ÉDITIONS

LA TRACE

ÉDITIONS

L A T R A C E

www.editionslatrace.com
www.facebook.com/ editionslatrace
FRANCE 2024

ISBN 9782487261037

Qui pensons-nous être ?
Nous pour qui Hamlet
est plus réel que notre concierge.
C'est une bonne question, non ?
Qui pensons-nous être ?
Nous pour qui Jon Snow
est plus émouvant que le cheminot en grève.

Alice Zeniter, *Je suis une fille sans histoire*

CHAPITRE 1

Le soleil du matin s'évertue à se faufiler par la fenêtre. Les claires-voies brunes lui barreront l'accès la journée entière. Pas de lumière. Pas d'air. Un placard à balais. Le flic ferme la vitre d'un coup de paume convulsif. Le bruissement de la circulation qui sature l'entrée d'Aix-en-Provence s'estompe. Allongée tel un cadavre sous l'écran, la centrale de l'ordinateur hoquette sous les ronrons de la ventilation. Une accumulation d'odeurs de kebab, de cartons à pizza éventrés, de tabac froid et d'existences indigestes stagne dans le bureau. Kathy empoigne du regard les trainées grisâtres sur la cloison livide qui lui fait face. Elle s'y cramponne comme sa fille à la ligne continue sur le bitume quand le mal des transports la saisit. «Suis la route Jade pour pas vomir». Elle lui dit toujours. La nausée monte du ventre vide de Kathy. Ses yeux lâchent le mur, s'affolent, attrapent un point jaune, une figurine Pokémon, un coup de soleil sur le pied de l'écran, puis une tasse aux couleurs de l'OM posée devant un tas de dossiers. Un instant, l'idée de la viser comme elle le ferait pour un sac de frappes la prend. Elle veut un café. Une douche. Le corps entretenu à la musculation et à la bière du flic tombe sans pitié pour la chaise qui recule et crisse sur le sol. Un rappel à l'ordre.

– Donc, on y va : Cathy Ripaud épouse Andrieu ?

Le cœur de Kathy s'emballe au rythme effréné de la danse sur le clavier des doigts de ce qui ressemble à un lieutenant. Elle fixe l'iris de l'OPJ, d'un noir aux reflets de glace et de fatigue, avant de suivre son index nerveux, strié de poils sombres, tapotant le bureau, impatient de se jeter sur les touches de l'ordinateur.

– Kathy avec un K.
Kathy avec un K. Il faut le signaler. C'est le K qui fait la différence. Un pilier qui la tient droite. Peut-on sortir du lot en s'appelant bêtement Cathy ou Catherine ? Elle a toujours espéré une histoire extraordinaire. Un destin. Au moins une vie d'héroïne. Les princesses Disney le lui ont rabâché quand elle était seule devant la télé. Ariel surtout qui se délivrait de sa peau de sirène et des eaux profondes pour conquérir le roi.
À l'adolescence, Kathy avait commencé à fréquenter Brenda et Kelly de *Beverly Hills,* rêvé de quartiers chics et de plages californiennes. Puis, il y a eu *Buffy contre les vampires*. Buffy, elle, elle ne se laissait pas faire. Elle lui démontrait que tout était possible, chaque vendredi sur M6. Fascinée, Kathy lui promettait, qu'un jour, elle partirait.
– Née le ?
– 24 septembre 1973. À Bondy.
Bondy, c'est loin maintenant. Elle n'a jamais poussé jusqu'à Los Angeles. La vie lui a fait saisir d'autres rêves. Plus abordables. Le flic peut la regarder de haut si ça lui fait plaisir. Il peut forcer son accent du Sud pour que les mots grondent et lui rappellent qu'elle n'est pas d'ici. Il peut se moquer. Mais elle a réussi ça : s'échapper de Bondy, quitter le 9-3, installer sa famille tout près des scintillements de la mer. Avoir sa part de soleil. Entrer dans le décor.
Avec ses premiers salaires de fonctionnaire, Kathy leur avait offert une semaine à Sanary. Même écrasée par le mois d'août, la vie dans le Midi avait quelque chose de la Californie. Les nuages n'existaient que dans un état ouateux, passager ou accidentel. Les immeubles touchaient le ciel d'un bleu neuf. Leurs murs ocre éblouissaient les yeux, regardaient la mer, s'épanouissaient au milieu des lauriers dans des explosions de fleurs roses, blanches ou rouges. Les pins chaloupaient dans l'air chaud. Les palmiers s'épanouissaient partout.

Partout. Jusque sur les ronds-points.

Fuyant dès le matin la chaleur étouffante du mobile home, ils passaient la journée sur la Plage Dorée, dans la baie de Bandol, jusqu'à ce que la lumière rasante calme la brûlure de la peau, apaise un panorama toujours plus étincelant que ce qu'elle avait imaginé. Ils commandaient deux cafés-deux grenadines sur la terrasse en bois du restaurant, après avoir avalé les chips et les sandwiches de leur pique-nique. Même le tarif des boissons qui grimpe avec le thermomètre et le service chauffé à blanc ne réussissaient pas à gâcher ce moment. Kathy s'imprégnait du paysage de l'eau et du ciel argentés, des yachts et des voiliers, lointains points blancs, appartenant aux paillettes de la mer. La Méditerranée en image de fond, derrière les parasols et les transats de la plage privée, elle s'y croyait. Elle y était. Cela aurait pu être une scène de *Mafiosa*, celle dans la paillote où les discussions tendues restent gouleyantes. *Mafiosa*, sa série préférée. Elle est attachée à son héroïne, Sandra Paoli, comme elle l'a été avant à MacGyver et Buffy. Face à la même Méditerranée, elle s'était juré d'entrer dans le décor. Dynamitant les tours de Bondy et les rails du RER.

Le battement des doigts du flic fait vaciller la figurine Pokémon, replacée avec une délicatesse troublante. Son regard froid la jauge, la commissure des lèvres trahit une pointe de dégoût. Ses mâchoires contractées râlent sur le bruit rauque de la machine à café dans la pièce attenante. C'est le bordel dans ce commissariat et ça l'énerve. Tout l'exaspère. La bande de cow-boys qui a tiré sur une voiture de fumeurs de shit au Jas de Bouffan. Le patron suspendu pour harcèlement moral. La journaliste de *La Provence* qui squatte le parking. La version de Windows -dont Bill Gates ne doit plus se souvenir- qui se laisse désirer sur l'écran. Son ex qui lui fait la misère pour les week-ends avec le petit. Sa tignasse ratiboisée pour faire avaler à cette garce qu'il se fiche de lui plaire. Et maintenant, une matonne, là, devant lui, qui le toise. À croire qu'elle possède encore les clés de la taule ! Il déteste les pourritures de son espèce et la fusille du regard. Kathy se mesure à lui. Ses genoux tressautent. Ses pieds se déplacent à la recherche de la bonne position. Ne pas laisser trop de surface de frappe à l'adversaire. Se préparer à la riposte. Le lieutenant s'adosse à la chaise, bombe le torse pour montrer à qui elle a affaire.

Au vrombissement régulier de la machine à café, Kathy évalue l'heure. Celle du petit noir dont elle est en manque. 8 h ? Ils se sont tous donné rendez-vous dans le bureau d'à côté. Le flic se balance en arrière et martèle de son poing contracté le mur derrière lui.

– Putain ! C'est pas fini la réunion syndicale, là ?

Elle baisse les yeux sur le tee-shirt de l'OPJ strié d'un *Fast&Furious*. Qu'est-ce qu'elle disait Laure Berthaud dans un épisode d'*Engrenages* à propos de l'ambiance dans son commissariat ? Ah oui ! « Bienvenue au club de la burne. » Ça ne lui fait pas peur à Kathy les univers de mecs. Elle connaît. Des cours de boxe de Bondy à la prison, en passant par la boîte de transport dans laquelle elle a travaillé à Pantin. Il croit l'impressionner Fast&-Furious, avec ses inflexions qui s'abattent à la méridionale sur les e, comme s'il tapait sur la table avec le plat de la main à chaque mot ? Il se retourne vers elle et siffle :

– Bon, tu sais pourquoi tu es là !

Le lieutenant s'appuie sur le bureau et sur le « tu ». Kathy ne le prend pas pour elle, c'est juste l'accent marseillais qui la canarde. Elle parcourt l'affiche de *Serpico* derrière lui. Jamais vu. Elle détourne le regard d'Al Pacino. Relève à peine le passage au tutoiement. Ça la gêne pas, elle fait pareil au boulot. Autour d'elle, les murs délavés lui font baisser la tête sur ses rangers. Elle les arrime au sol, bien à plat, comme pour s'apprêter à envoyer une droite à l'adversaire. Elle le regarde sans ciller.

— Pas vraiment…

Comment pourrait-on avoir trouvé quelque chose sur elle ? Elle va rester digne, comme dans *Mafiosa,* dans l'épisode où Sandra est arrêtée.

— Tu es placée en garde à vue.

Kathy n'a pas anticipé le coup. Comme les détenus qui répètent, inlassables, n'avoir rien fait. Elle n'a pris au sérieux ni cet intermède matinal ni Fast&Furious, caricature de flic, avec son jean épuisé, son front aux plis agacés soulignant la lisière blanche à la racine des cheveux. Il aurait dû les raser avant de se mettre au soleil. Un bourdonnement enfle dans les oreilles de Kathy, couvre le lent déballage de Fast&Furious. Elle ne l'entend plus. Elle est sonnée, rétracte la tête entre ses épaules, un réflexe de boxeuse, plaçant ses poings devant le visage. Elle s'est habituée à la musique des voix d'ici. Mais là, elle ne comprend plus rien. Elle ne perçoit plus qu'une langue étrangère qui matraque des syllabes.

— Oh ! T'as capté ? Je te demande si t'as des problèmes de santé ?

— Non.

— T'as un avocat ?

Kathy secoue la tête. Elle cherche à sentir le souffle de Jade et de Lisa lorsqu'elle se penche vers elles le matin après les nuits de garde à la prison de Luynes. Elle les réveille doucement dans le cocon rose de leur chambre. L'idée la traverse que Michaël devrait enlever le papier peint fleuri. Elles sont grandes maintenant. Deux adolescentes. Lisa veut des murs blancs pour coller des posters et Jade des étagères pour sa collection de figurines de manga. L'imprimante crachote le PV de notification des droits. Elle est vraiment en garde à vue. Elle ne va pas pouvoir préparer le petit-déjeuner de ses filles. Elle n'avait pas envisagé ce scénario. Elle refoule les larmes, prêtes à déferler, qui partent s'écouler à l'intérieur. Elle ne se doute pas que leur acidité va s'étendre, la ronger peu à peu. Elle ne pourra pas embrasser ses enfants ce matin.

MAFIOSA

Toussaint
Qui t'as parlé de vivre tranquillement ?
T'as choisi une vie tranquille ?

CHAPITRE 2

C'est la première fois que Kathy quitte Luynes en uniforme. D'habitude, le pantalon reste suspendu dans le casier et elle glisse le polo en boule dans un sac poubelle, secoué dans la gueule du tambour de la machine à laver pour préserver la maison de sa puanteur.

Les flics sont venus la cueillir après 6h30 au moment de la relève. Sans la laisser se changer. Sur le moment, ça l'a rassurée. Son monde est habité d'uniformes. Treillis marine quand les noms s'effacent derrière «surveillant» ou «chef». Joggings quand l'identité se réduit à un numéro d'écrou. Ils étaient tous en bleu. Une marée sombre. Elles étaient trois. Ses collègues, Assia et Corinne, avaient été repoussées dans les replis de leurs casiers par la déferlante. Les autres matons se tenaient figés à l'entrée du vestiaire des femmes. Les flics occupaient tout l'espace et elle ne parvenait pas à les compter. Pourtant, elle a l'œil. Elle doit toujours avoir en tête le nombre de détenus qui circulent dans sa division le temps des mouvements. Elle a compris que la vague s'abattait pour l'engloutir aux regards braqués des deux civils en jean sur son armoire.

Ils sortaient du lot comme deux phares, l'un à cause de son tee-shirt biffé de jaune fluo et l'autre avec son faux diamant à l'oreille. Puis, un duo de flics l'a encadrée, s'emparant de ses mains qui s'affairaient à dégrafer son ceinturon. Le plus costaud semblait mal à l'aise. Désorienté de se retrouver là, à pincer une matonne au lieu de s'arrêter au greffe pour y laisser des types aux vêtements accablés par une macération en garde à vue. Le second, contrit par son âge et sa petite taille, se hérissait pour se grandir et camoufler une allure juvénile. Par condescendance aussi. Dans la hiérarchie des uniformes, la pénitentiaire a moins de prestige que gardien de la paix. S'il avait échoué au concours de la police, il aurait dû se résoudre à tenter celui de surveillant. Alors, il regarde Kathy de haut et refuse de s'avouer qu'il n'était pas prêt, dès les premiers jours de sa prise de poste, à serrer une matonne. Il avait senti son biceps de boxeuse se durcir. Il s'était redressé, avait mis plus de poigne sur le bras de la femme. Pas question de se montrer gêné.

Kathy n'a pas apprécié la soudaine pression, la marque de pouvoir. C'est elle normalement qui tient les détenus. Elle le fait sans douceur, mais sans s'énerver. Sauf quand il le faut. Comme hier soir avec Dylan qui débarquait du dépôt et ne voulait pas entrer dans sa cellule. Il connaît pourtant la maison. À 20 ans à peine, c'est son troisième séjour. Car-jacking cette fois. Les voyous s'excitent souvent en arrivant ici. Leur vie se coince dans un goulot d'étranglement et tout ce que leur regard embrasse se hachure. Leur horizon devient un monde rayé, des barbelés à leurs ombres sur les murs, des grilles aux filets quand on lève les yeux au ciel. Kathy, elle, ne se trouve derrière les barreaux que pour un temps limité par ses fonctions. Elle n'a pas l'habitude d'être ainsi assujettie. Elle n'avait pas conscience que ces mouvements-là étaient si féroces : tirer quelqu'un par le bras, en faire son prisonnier d'une main, avant même de faire claquer le bruit des menottes sur ses poignets.

– Garde à vue, répète Fast&Furious.

Quand il parle trop fort, son souffle dégage une odeur de tabac froid et confesse une nuit à se consumer. Il a beau hausser le ton, Kathy ne comprend plus l'impact des mots. Le lexique juridique, appris à l'École nationale d'administration pénitentiaire, se dissout dans la panique. Elle le maîtrisait pourtant sur le bout des doigts. Elle est capable de pointer une erreur dans un téléfilm policier sur TF1 ou d'expliquer à cet ignorant de Michaël la différence entre la procédure française et celle que montrent les séries américaines. Envolées les définitions ! Elle scanne le souvenir de ses notes de cours, son écriture appliquée aux lettres aussi rondes qu'enfantines. Trou de mémoire. On retient un suspect ou un témoin… À quel titre est-elle interpellée ? Elle n'a pas entendu. Putain ! Tout s'est brouillé quand Fast&Furious a martelé les mots « garde à vue ». Kathy tâte la taille dépouillée de son pantalon, là où devrait se trouver son ceinturon, là où elle saisit les clés qui y sont accrochées. Elle tente de se remémorer les différentes options après une GAV : libérée, avec ou sans charge, déférée devant le procureur… Elle respire, l'incarcération n'est qu'une possibilité. Ses mains ne rencontrent ni le trousseau ni le Motorola. Elles descendent jusqu'à l'assise de la chaise pour se cramponner à quelque chose. Kathy retrouve ses réflexes professionnels, se remet en alerte. Ce n'est pas son genre de se démonter !

Le jeune flic qui lui a broyé le biceps à Luynes se plante maintenant devant elle pour lui demander de le suivre. Il laisse une adjointe, au regard rendu intense par une frange de faux cils, attraper le bras de Kathy. Toutes deux portent leurs cheveux noirs tirés, policés et réglementaires. De dos, elles ressemblent à deux collègues arpentant les couloirs du commissariat. Leurs queues de cheval se balancent, dans un swing au rythme désordonné, alors qu'elles se dirigent vers la cellule de fouille.

La jeune femme inspecte la silhouette de Kathy l'œil papillonnant et lui demande de se déshabiller. Le treillis tombe sur les orteils endoloris.

À chacun de ses changements de poste -à Nanterre, à la Santé, puis à Luynes- Kathy s'est amusée à compter la distance parcourue sur les coursives. Moyenne quotidienne : vingt kilomètres. Ses pieds payent cher l'inconfort des rangers. Le reflet verdâtre des murs frappe ses cuisses menues et les colore du blanc au pers. Sa peau ne s'est jamais accoutumée au soleil du Midi, elle a brûlé au début, rosi, sans jamais accepter de dorer. Kathy n'a jamais eu le teint hâlé dont elle rêvait quand, dans les derniers jours passés à Bondy, ils emballaient leur vie dans des cartons. Tandis qu'elle ôte son polo, la fille se concentre sur un bac où elle range le ceinturon, les lacets, la montre offerte par Michaël avec l'argent liquide qu'elle a rapporté.

— Enlève ton soutien-gorge.

— Ça va ! Mes enfants m'attendent, j'ai pas de raison de m'étrangler avec !

Elle cherche à intercepter les yeux qui clignotent avec la surépaisseur de cils. Comme les petites frappes qu'elle côtoie tous les jours, elle voudrait négocier les règles avec l'adjointe de sécurité, une de ces contractuelles formée à la va-vite et mal payée pour envoyer du bleu et rassurer les braves citoyens.

— Allez, enlève.

Qui est-elle, cette subalterne, pour lui parler comme ça ? Pour consigner toutes ses affaires sans un minimum de respect ? Elle demande quoi Kathy, là ? Juste un peu de dignité par égard pour son statut.

— C'est bon, j'suis surveillant brigadier !

— T'étais.

La voix est sèche, expéditive. Un signe de tête suffit pour que Kathy comprenne qu'elle doit aussi détacher l'élastique de ses cheveux. La gamine, parce que c'est une gamine, juge inutile de lui parler. La matonne doit connaître les procédures, les gestes, les règles, elle ne va pas perdre du temps à lui expliquer. Déjà qu'elle déteste être affectée aux gardes à vue. Quel intérêt d'inscrire des noms sur un tableau blanc, de consigner des affaires dans l'armoire métallique à la porte voilée et de surveiller un couloir ? Ce matin, elle s'est de nouveau arrangée pour laisser son collègue faire la distribution des petits-déjeuners. Elle, ce qu'elle préfère c'est l'accueil. On peut papoter, installé dans le hall vide. Elle ne va pas se plaindre, elle a réussi à éviter de patrouiller avec Tonio qui passe son temps à lui parler de son cul. Elle s'en réjouit, mais ce n'est pas une raison pour être gentille avec une gardée à vue ! L'ambiance est trop électrique au commissariat pour jouer à ça.

Kathy renfile le polo humide de transpiration, il lui colle au corps, souligne la légère rondeur de son ventre, moule les seins qu'elle a toujours désiré refaire. Elle tire sur le tee-shirt pour tenter de lui donner de la tenue. Flasque et mou, l'uniforme ne la protège plus. En longeant les cellules de garde à vue et de dégrisement, des cris s'élèvent, grondent, moquent, insultent sa silhouette bleue. Les coups pleuvent contre les portes vitrées crasseuses. Un néon en fin de vie inflige une lumière stroboscopique à la traversée du couloir, pétrifie dans un blanc rauque l'adjointe de sécurité qui avance à ses côtés. Un rythme spasmodique qui n'a plus rien à voir avec le battement du monde.

En partant de Luynes dans la voiture de police, Kathy n'a pas pu happer l'air extérieur vital pour supporter celui qui imprègne la prison. Même en hiver, quand sa Dacia s'éloigne de la maison d'arrêt, elle roule vitres ouvertes. Sa rétine n'imprime plus la sculpture immense et ridicule qui trône sur le parking, un homme assis sur une chaise, la tête dans une main, pour évoquer, paraît-il, le remords aux arrivants. Elle ne voit plus que le ruban de la route, longe les murs hérissés de grillages, le cimetière militaire, le complexe sportif du Z5, la zone d'activité… L'air qui fouette son visage devient respirable passée l'Arena. Mais elle continue de conduire en laissant le vent s'engouffrer dans l'habitacle. L'odeur ne la quitte qu'après s'être frotté le corps sous la douche et avoir shampouiné ses cheveux trop mous. Celle de la zone d'enfermement annonce la puanteur de la prison à laquelle elle est habituée. Toujours la même, partout. Elle l'avait indisposée lors de son premier stage à la Santé, elle l'avait retrouvée à Nanterre, sa première affectation. Quand elle avait pris ses fonctions à Luynes, dans les bâtiments neufs du site -qu'on lui avait vendu comme un club de vacances avec ses salles d'audience, de cours et de musculation-, les exhalaisons habitaient déjà les cellules et les couloirs. Un relent de décomposition de bouffe que les détenus jettent par les fenêtres ou qui moisit entre les matelas. Une odeur d'hommes. Les émanations rances des corps étouffés par la colère, l'ennui et le désespoir. Un amalgame de merde quotidienne et de détergent auquel se superpose, de temps à autre, un parfum trop lourd des femmes qui se frottent contre les voyous au parloir. Ce n'est pas le fumet de crasse auquel elle est habituée qui la prend à la gorge en entrant dans la cellule, mais celui de sa propre peau. Le mélange âcre de transpiration et de peur.

MAFIOSA

Sandra Paoli

Cette nuit j'ai appris deux choses.
La première, c'est ce que ça fait quand tu tombes
entre les mains de ce genre de type.

CHAPITRE 3

Kathy se tient sur l'arête du banc qui lui servira de lit si elle est contrainte de dormir ici. Tout au bord. Rester au bord. Ces dernières années, elle en a fait un jeu. Danser en lisière. Flirter avec le seuil. Malmener les limites. Elle a quelques fois menti sur son métier, par crainte d'être jugée, qualifiée de bourreau ou de geôlier, par lassitude -expliquer encore qu'elle est surveillante, pas gardienne, ça c'est pour les vaches-, par jeu aussi. Elle aime s'inventer d'autres vies. Elle est plutôt à l'aise avec les histoires. Combien de fois s'est-elle dit qu'elle devait écrire à Netflix ! Elle pioche dans la foule des personnages qui peuplent son quotidien. Ceux croisés à l'occasion d'un épisode. Ceux côtoyés pendant plusieurs saisons. Ceux devenus des proches à force de les voir et de les revoir.

Avant d'être jetée en prison dans *Orange is the new black*, Piper Chapman fabriquait des savons bio et, dans *Breaking Bad*, Walter White était, au début, un simple prof de chimie. Bref, avant de dégoupiller, ce sont des gens comme vous et moi. Vous ne croyez pas ? Walter White s'est lancé dans la production de méthamphétamine et pris des risques. Elle a aussi joué avec le feu, poussé le bouchon toujours un peu plus loin. Pas grand-chose. Elle a, parfois, dépassé le temps minuté à l'entrée de la cellule pour discuter avec le Kabyle. Elle a, souvent, partagé un café avec lui. Les clés à la main, la porte entrouverte, comme l'exige la procédure, sans imaginer qu'elle pouvait se refermer sur elle.

Si elle s'enfonce sur le banc et frôle le matelas en mousse aussi léger qu'un sommeil en cabanon, elle se fera avaler par la couleur de vomi et par la tragédie des centaines de corps qui y ont laissé leur empreinte. Des hommes qu'elle a peut-être aperçus par l'œilleton à Luynes où ils sont envoyés après avoir séjourné ici. Au cours des rondes nocturnes, les contrôles visuels effleurent juste leur silhouette. Son regard balaie les 9 m^2, à peine plus sombres que le jour. Pas de tache de sang. Pas de pendu à la potence de la télé. Les barreaux toujours présents pour obstruer l'horizon. Le mouvement de la respiration pour preuve de vie. Elle peut poursuivre sa tournée sans bruit. Surtout éviter de les réveiller et de les énerver pour traverser la nuit dans le calme. Si elle s'effondre sur le banc, la porte va définitivement se refermer sur elle. Elle en est convaincue. Alors, elle se tient droite. Comme un K.

Son poignet ne lui indique rien, il ne porte que la trace, à peine plus pâle, de sa montre. Elle tente, une fois encore, de remonter le temps pour estimer l'heure et poursuivre le déroulement normal de la journée de Jade et Lisa. Elle a été menottée à la fin de son service de nuit, au moment où les yeux piquent, quand point l'émanation de javel et de désinfectant. Une brassée de minutes gagnée sur l'odeur de la taule. Jamais, elle ne cajole ses filles tant qu'elle en est prisonnière. Une bise légère sur le front, pas plus. Les câlins attendent qu'elle ait pris sa douche. On est mardi. Lisa commence à 8 h 30 avec un tunnel de cours de sciences. Elle est nulle en maths et le prof lui fait peur, alors, ces matins-là, Kathy la serre un peu plus fort pour lui donner confiance. Elle aussi, elle détestait le calcul et la géométrie. Et toutes les autres matières. Mais elle souhaite, plus que tout, autre chose pour ses filles. D'abord, de bonnes notes. La vie est plus facile quand elle commence avec de bonnes notes.
Elle continue d'évaluer l'écoulement des minutes. Interpellation dans les vestiaires. 6 h 45 environ ?

– La Parisienne, c'est ça ?
Un type en civil avait tambouriné sur l'étiquette de son surnom sur le casier, entre celui de Fleur et de L'espichouneuse. Ce n'est pas elle qui l'a choisi. À Nanterre, elle avait opté pour Chapman, l'héroïne d'*Orange is the new black,* incarcérée à Litchfield. Ça avait fait marrer tout le monde. L'espichouneuse, en arrivant à Luynes, lui avait désigné d'un rire grésillant l'armoire marquée du sobriquet qui l'attendait : la Parisienne. Ici, qu'on soit de Paris ou de sa banlieue, c'est pareil. On est un parigot. On a l'accent pointu et moqueur. On amène la pluie. On vient d'un Nord qui dérive entre Avignon et le Pas-de-Calais, une forme d'étranger. On supporte le PSG, club, rappelons-le, qui s'est incliné en 1989 devant Lens promis à la 2e division. L'humiliation parisienne est rangée avec tous les bons souvenirs des Marseillais : les années Tapie et le doublé championnat-coupe de la ligue en 2010. Aucun n'imagine que vu de Bondy, Paris est un autre monde, et le périphérique, une frontière périlleuse à traverser. Son accent de Seine-Saint-Denis n'est pas celui de ceux qui décident.
– Lieutenant Joly
Il lui a collé sa carte sous le nez, négligeant sa réponse, laissant traîner la première syllabe de son nom avant d'attaquer la consonne qui suit. « Lieutenant Jaully ! » a compris Kathy.

Ça a pris quelques secondes ? Quelques minutes ? Le vestiaire des femmes a été submergé de testostérone, de flics qui n'avaient pas leur place ici et de collègues excités, pour la plupart, par la colère. Elle avait tenté de s'arrimer à quelques regards. Celui de Capelan, le ceinturon ôté, tenu dans son poing serré comme une arme. Celui d'Aziz appuyé à la porte, torse nu, les bras ballants, son front dégarni aussi allongé que ses yeux.

Elle le découvrait dans un laisser-aller, lui qui troque toujours l'uniforme pour une chemise et un pantalon, passés de mode, mais impeccables. Pourtant, Aziz en a vu d'autres à Luynes et aux Baumettes où il a effectué toute sa carrière. Il lui a recensé les détenus avec la précision d'un entomologiste : les scarifiés, les suicidaires, les violents ou les dépressifs ; les voleurs de poules, les petites frappes, les braqueurs ou les tueurs ; les souffre-douleurs, les grands frères, les anciens ou les tontons ; puis, au prix d'efforts pour ne pas les juger une deuxième fois, les pointeurs -ceux qui ont commis des agressions sexuelles- qui ne sortent pas de leur cellule de peur de se faire tabasser. Du côté des surveillants, il n'a répertorié que deux espèces distinctes : ceux qui portent la haine du voyou et ceux qui s'évertuent à comprendre. Malgré ses vingt-cinq ans de carrière, dont plus de vingt dans une taule dont les murs s'effritaient, Aziz se maintient dans la seconde catégorie. C'est lui qu'elle respecte le plus ici. On peut même parler d'affection. Il faut dire que nul n'a jamais été aussi attentionné avec elle. Elle aurait aimé que son père soit comme ça, si elle l'avait connu plus que quelques années.

Aziz s'était fait muter à Luynes après un hiver difficile. Quelques jours avant Noël, il n'avait pas réussi à libérer trois jeunes de la cellule à laquelle ils avaient foutu le feu. Leur matelas contre la porte, ils étaient morts asphyxiés. En janvier, il s'était pris un coup de tête d'un détenu cachant une lame de rasoir dans sa mâchoire. Le gars était pourtant menotté dans le dos à chaque mouvement, un psycho placé en quartier d'isolement sous mesure stricte de sécurité. Aziz n'avait rien vu venir, il avait été blessé à l'oreille. Pas grand-chose, juste un trop-plein. Il avait décidé de prendre la tangente, vers Aix qu'il aime bien moins que Marseille. « Aix, c'est pas pour nous, c'est pour les avocats et les juges ». Il lui répète toujours ça à Kathy en secouant la tête. Balloté par la porte et les flics, le corps d'Aziz s'est vouté et ses lèvres tremblantes l'ont interrogée en silence. Elle aurait voulu lui épargner ce moment. Elle a soulevé ses sourcils fins et arqués, ses mains soulignant son incompréhension. Il l'avait prévenu pourtant.

15 minutes ? En faisant hurler le gyrophare pour tracer malgré les embouteillages, cela correspond à la durée du trajet entre Luynes et le commissariat d'Aix-en-Provence. Après, le temps s'est évanoui, délité entre la descente de la voiture -courbée, les poignets attachés dans le dos- et l'entrée de l'hôtel de police.
Combien de minutes est-elle restée dans le bureau du flic ? 10 ? 15 ? Combien pour un PV de notification des droits ? Elle n'a pas pu compter, entraînée par le battement trop fort du sang dans ses tempes. Elle ne se souvient que de la tête de Serpico punaisée sur le mur et du tee-shirt Fast&Furious du « Lieutenant Jaully ». Lui a-t-il dit l'heure du début de garde à vue ? C'est obligatoire, non ?

Et la fouille ? En prison, elle est minutée. Il faut aller vite. Surtout après les visites, quand les voyous sortent des parloirs et que les collègues vérifient qu'ils ne passent rien avant de les faire entrer en cellule. Pas de téléphone, pas de barre de shit, pas de couteaux, surtout ceux en céramiques, invisibles au détecteur de métaux. Elle n'a jamais dû assurer les fouilles au corps, ce moment où ils se désapent jusqu'à la dignité. Privilège d'être une femme dans un centre de détention pour hommes.

Kathy calcule l'accumulation de rounds de plus de 3 minutes. Il doit être près de 8 heures. Il faut réveiller Jade. Elle commence plus tard le mardi, mais elle a du mal à se lever. Kathy la bouscule doucement. Elle apprécie ce moment suspendu, le silence qui l'éloigne des braillements de la taule et du bourdonnement de BFM dans le salon, avant d'entendre la voix ensommeillée de sa fille qui a chopé un brin d'accent d'ici. Elle lisse sur le côté les longs cheveux bruns dégageant son visage renfrogné.

À l'âge de Jade, Kathy se levait seule. À 15 ans, elle ne comptait plus les pannes de réveil et la peur d'être en retard n'était qu'un souvenir d'école élémentaire. Ses paupières se refusaient à s'ouvrir sur le gris des immeubles et le blanc fumeux du ciel de Bondy qui déteignait sur elle. À l'époque, elle branchait NRJ pour s'offrir une compagnie et peupler l'appartement.

Quand le père est parti, la mère est passée de femme au foyer à femme de ménage. C'est une vie, ça ? Kathy ne l'a jamais revu, n'a jamais reçu de nouvelles, ne parlons pas d'explications. Sa désertion même est un événement incertain. À se demander s'il a vraiment existé ! Elle se souvient juste qu'un soir, en rentrant de l'école, l'appartement avait été dépecé. Il n'avait pourtant pas emporté grand-chose, mais cela avait été comme arraché. La rallonge du radio-réveil traînait solitaire, désespérée de ne plus faire avancer le temps. Des trouées balafraient la vidéothèque, il avait embarqué, avec la collection des Belmondo, tous ses rêves d'aventure et d'évasion. La porte coulissante du placard, béante sur les étagères abandonnées, n'encadrait plus qu'un pull marron, jeté en boule. Celui où sa mère avait cousu un raccord au coude. Elle s'en souvenait parce que le père avait crié sur la pauvre femme. Elle était complètement idiote de ne pas rapiécer l'autre coude ! Il ne pouvait pas le porter comme ça ! Kathy avait déplié et allongé le chandail sur le lit. Il n'avait pas tord, c'était bancal. Dans un magasin, elle en avait vu avec un rond marron à chaque bras. Ça allait par deux. Tout seul, c'était nul ! Et puis sa mère, Michèle, aussi ridicule qu'une coudière unique, posée sur la chaise de la cuisine, ne ressemblait plus à rien. Les larmes mordaient ses joues et trempaient jusqu'à ses épaules ployées. On l'aurait dit démembrée, un animal blessé qui ne se remettrait jamais sur ses pattes.

Après la disparition du père, Michèle s'était laissée porter par la vie, par les voisines, par Hafida qui lui avait trouvé un travail dans sa société de nettoyage et par les premiers bus vides et frigorifiés dont les vitres embuées la retranchaient de la ville assoupie. Le soir, elle rentrait avec un sac de courses, regardait la télé, repartait parfois pour un remplacement. Elle croisait sa fille, qu'elle aimait moins que son chagrin.
Elles consommaient, ensemble, jusqu'à l'overdose, *La petite maison dans la prairie*. La famille Ingalls leur tenait compagnie et leur évitait de se parler. Elles s'installaient sur le canapé, collées l'une à l'autre, pour communier devant la morale d'un bonheur simple où prier suffit pour accepter les aléas de la vie. À l'époque, Kathy ne s'agaçait pas de ces joies poisseuses. Laura Ingalls était son amie la plus fidèle. Bien plus que Céline et Cindy, dans la cour de récréation, ou que Fatou dont elle enviait la vue au dixième étage. Le bâtiment dans lequel Michèle et Kathy habitaient, Cité des fleurs, était transporté dans les champs du Minnesota. La gamine jetait un œil à sa mère, écrasée par la vie, se laissant chuter, alors que Caroline Ingalls -pour qui ce n'était pas facile tous les jours non plus !- gardait son sourire mièvre. Kathy se demandait alors si elle l'aimait ou pas. Michèle était une bouillotte moelleuse contre laquelle elle pouvait se coller face à l'écran, un objet familier oublié par le père.

Au fil des années, leur appartement s'était abîmé dans le désarroi. Comme Michèle, les meubles avaient accusé les coups de vieux.
Le décor quotidien demeurait immuable. De fait, les possibilités d'aménagement étaient peu nombreuses. Dans chaque logement, réplique de son voisin, le mobilier ne pouvait qu'être disposé de la même

manière. Seuls les posters dans les chambres des enfants, la couleur du canapé et les nuances des cultures culinaires leur donnaient une identité.

À 10 ans, Kathy rêvait de posséder, un jour, une maison. Enfoncée dans son divan avec vue sur la petite lucarne, elle l'avait juré à Laura Ingalls. Croix de bois, croix de fer. Elle l'avait promis à Jade et Lisa alors qu'elles commençaient à arpenter à quatre pattes le linoléum de l'appartement de Bondy. Ses filles avaient 10 et 13 ans quand ils ont enfin réussi à s'échapper du 93.

Après leurs premières vacances en famille au bord de la Méditerranée, Kathy a émis le souhait de changer de poste, de modifier le goût cendré de leur existence et d'aller vers les lumières qui font comme de minuscules diamants sautillants dans les vagues. Elle a eu le choix entre Riom, près de Clermont-Ferrand, et Luynes dans la région aixoise après l'obtention du grade de surveillant brigadier. En arpentant les Bouches-du-Rhône sur Google Maps, elle s'est immédiatement projetée. Plonger dans la mer quand elle le voudrait, vivre sous un ciel dégagé et en respirer le bleu cristal, s'installer dans l'indolence de la chaleur, habiter une de ses maisons dont les murs prennent le soleil. Elle n'avait pas imaginé qu'il était si écrasant.

Impossible de se repérer à la lumière ici. Elle ne se fraie aucun chemin jusqu'aux cinq ou six cellules de garde à vue, trop chaudes et mal aérées. Les cris et les parloirs sauvages entre les cloisons lui paraîtraient familiers s'il ne manquait le tintement rassurant du trousseau de clés, les grésillements du Motorola, le claquement des grilles qui s'ouvrent et se ferment, le collègue qui gueule « Premier » pour annoncer sa visite à l'étage.
Elle distingue quelque part, au-dessus du plafond le quotidien du commissariat, l'écho des pas, les voix

étouffées comme si on la retirait du monde.

Quelle heure est-il à présent ? Jade est-elle bien partie au lycée ? À l'adolescence, elle avait avalé plusieurs fois toutes les saisons de *La petite maison dans la prairie*, même les dernières, celles où l'enfance est partie. Les paupières de Kathy tombent lourdement. Elle n'a jamais montré le feuilleton à ses filles. Le fallait-il ? Elles auraient sans doute trouvé écœurante la bonté sirupeuse des Ingalls entre deux épisodes de *Stranger things*. Ses yeux papillotent. Tentent de rester ouverts. Se referment. Elle ne voulait pas ressembler à sa mère immobile et asphyxiée à côté d'elle. La nuque de Kathy s'affaisse par secousses sur sa poitrine. Le générique joyeux de *La petite maison dans la prairie* danse dans sa tête. Elle doit demeurer vigilante. Cette nuit a été calme à Luynes, elle a pu voir deux épisodes de *Chicago Police Department* sur le téléphone caché dans son duvet. Son corps se ramollit et risque de s'effondrer sur le matelas sale. Les champs du Minnesota s'éloignent, des images décolorées, un rêve ou un souvenir d'enfance. Il est interdit de regarder d'autres écrans que ceux de contrôle pendant le service. Elle le sait bien. Dans la torpeur qui l'envahit, presque un évanouissement, elle se demande si elle se trouve ici pour ça. Pour avoir regardé une série pendant sa garde. Peut-être que c'est simplement pour ça.

MAFIOSA

Carmen Paoli
T'avais pas d'ennemis avant...

Sandra Paoli
J'étais pas assez importante pour ça.

Carmen Paoli
Et maintenant ?

Sandra Paoli
Je suis fatiguée... C'est un cauchemar.

CHAPITRE 4

Les paysages de Cézanne sont situés de l'autre côté. Laure est dans le creux du flanc nord de la Sainte-Victoire, la face la plus discrète de la barre rocheuse dont le calcaire capte la lumière. Plantée devant la fenêtre, elle se remplit d'un miracle quotidien : la vue sur les mouvements vallonnés, leurs courbes rassurantes aux replis secrets, l'odeur verte légèrement épicée des romarins. Elle n'a jamais aimé les aspérités et les pointes acérées de la roche. Ni celles de la montagne qui lui tourne le dos, ni celles des calanques de son enfance d'où elle sautait poussant avec force sur ses jambes pour se propulser le plus loin possible. Elle préfère être derrière, à l'abri.

Derrière elle, Philippe annonce la journée au cabinet, il égrène les dossiers sur lesquels elle devra donner son avis pointilleux.

– C'est important.

L'écho d'une voix habituée à être écoutée lui répète : « c'est important ». Insister est devenu nécessaire depuis quelques mois. Malgré le silence affirmatif de Laure, Philippe sent comme un flottement dans l'attitude de sa femme. Syndrome du nid vide après le départ de leurs deux garçons ? Stress de la rentrée avec ses activités récentes ? Fatigue du nouveau rythme qu'elles lui imposent ? Il décortique, diagnostique, évalue les causes possibles et caresse, au passage, les mèches qui s'échappent du chignon matinal et dégingandé de son épouse. Il sourit à sa nuque, au grain de peau plus mat qui l'émeut depuis toujours. Il se rassure de l'absence d'indices cliniques de lassitude, de sentiments en berne ou d'éloignement du désir. Cela lui serait insupportable,

il ne peut l'appréhender. Il se rassérène en pensant à l'analyse de Pierre. « Tu sais, à cet âge-là, elles ont des troubles de l'humeur ». Son vieil ami a le réconfort hormonal. En s'asseyant face à elle, il pose sa main sur celle de Laure. Il a toujours accepté les silences de sa femme. Elle est ainsi, un mystère entier dont il est trop fou pour chercher à le déflorer.
Le cerveau de Laure enregistre les informations que son mari et associé lui transmet. Pour le reste, elle est ailleurs. Elle pratique une sorte de baptême quotidien, plongeant dans un paysage dont l'immuable perfection la contient, ici, à sa place. Le reflet des carreaux rouges et jaunes au-dessus de l'évier donne des allures de vitraux à la fenêtre. Tout s'accorde dans son champ de vision : les pierres ocre, rousses et calcaires des murs scellées par la chaux, les bruns orangés des tuiles, les lambeaux de couleurs chaudes du soleil qui s'étire vers le haut. À ce moment de l'année, avant que la chaleur ne s'abatte sur le paysage, l'air du matin se nuance de fraîcheur. Elle lave son regard dans le bleu de la piscine et remonte vers celui du ciel. Une prière muette et inconsciente afin que cette image quotidienne du bonheur ne vacille jamais.

À l'instar de tous les mas du coin, l'ancienne bastide léguée par la famille Faure était un bête parallélépipède. Philippe avait demandé à son architecte une extension pour lui donner une structure en L, sur le modèle de ceux du Luberon. Une excroissance par laquelle il indiquait à son père -au moment où celui-ci s'était retiré des affaires- qu'il pouvait, lui aussi, étendre son territoire. Récipiendaire de la réussite et du rayonnement de Maître Antoine Faure, Philippe veille, au cabinet comme chez lui, à préserver l'empreinte du patriarche. La construction du bras de la maison était restée son unique acte de rébellion. En reprenant le cabinet d'avocats familial, Philippe s'était érigé en conservateur du patrimoine des

Faure. Il travaillait à maintenir le passé quand Laure se détachait du sien.

Un mas aixois en L ? Aix n'est pas le Luberon, s'était offusquée Séverine, la femme de Pierre. Laure avait plaidé son ignorance de l'aménagement et des usages locaux. Séverine avait accordé à son amie les circonstances atténuantes, elle n'était pas d'Aix. Depuis ces errements architecturaux, Séverine était son garde-fou en matière de bon goût -elle s'y connaît en belles choses. Il faut dire qu'après leurs années de droit et quelques mois dans un service juridique, elle avait géré une boutique de vêtements de marque, puis organisé des événements pour un Château -qui voulait s'imposer comme la référence du rosé des coteaux d'Aix- avant de s'occuper d'une galerie. Séverine s'était toujours montrée généreuse en conseils décoratifs, artistiques et mode avec ses relations aixoises. Depuis l'ouverture de @labellevie_aixoise, son compte Instagram, elle partage désormais sa vision du beau avec le monde entier. Posez-lui une question, Séverine peut se lancer dans un monologue ! L'amie parfaite pour des *followers* silencieux et pour Laure qui répugne à parler d'elle.

Par respect pour cette maison offerte avec le mariage, Laure n'avait pas osé modifier la décoration. Longtemps, elle n'avait foulé qu'avec hésitation les dalles dans une pierre -dont sa belle-famille évoquait la provenance avec une pointe de prétention-, se sentait perdue entre les pièces imposantes et un mobilier ancestral. À force de fréquenter d'autres villas, de feuilleter *ELLE Décoration* et d'écouter Séverine, elle avait fini par apporter sa touche et enlever quelques meubles pesants et objets envahissants. Elle avait trouvé un style, ou plus exactement une absence de style, sorte de coexistence pacifique entre l'esprit traditionnel auquel Philippe est attaché et ce qui se fait de plus sobrement élégant. Bref, d'une fadeur conjurant tout risque de faute de goût

Laure frissonne, sifflée par la bouilloire et une question de son mari.
– Es-tu d'accord pour qu'il devienne collaborateur ?
La théière figée au bout du bras de Philippe est suspendue à l'avis de Laure sur la croissance du cabinet.
– Je trouve Leïla… plus fine et précise…
– Tu sais bien qu'on ne peut pas prendre une Leila ! En stage, d'accord. Pas plus.
– Je sais… déglutit Laure.
Le timbre de sa voix ploie devant Philippe. Le liquide brûlant coule dans la tasse ancienne où s'épanouissent depuis des générations des motifs floraux. Elle demeure impressionnée par son mari au moins autant que par son art du petit-déjeuner. Une admiration intacte depuis plus de vingt ans. Son palais éduqué, la table dressée dans un assemblage de naturel et de convenance qu'elle n'atteindra jamais. Leur tout premier matin, elle n'avait pas osé demander du café. Elle avait craint de lui évoquer une tasse en pyrex blanc posée sur une toile cirée. Philippe avait cru qu'elle appréciait cette boisson. Elle s'était faite à l'âpreté du thé comme à beaucoup de choses.
– Je suis de permanence…
Une explication -une excuse plutôt- pour répondre prestement au téléphone qu'elle conserve désormais près d'elle, invite à table et dans leur quotidien.
– Oui, Maître Faure… Garde à vue… Quel nom ?... Donc, c'est au commissariat d'Aix ?… Et le numéro du quart ?... Je les appelle, merci.

Philippe s'est tu, élégant jusque dans son absence de reproche. Il l'observe négocier son virage professionnel. Une sortie de route accidentelle dont il attend qu'elle se désembourbe. Il ferme les yeux sur ses infidélités à un conseil de prises de participations, un pacte d'actionnaires ou un dossier de fusion-acquisition. Laure préfère se taire sur ses incartades : les gardes à vue pour violence conjugale, outrage ou détention de cannabis, les rendez-vous à la prison de Luynes ou de Salon. Raconter à Philippe la comparution immédiate de ce marin accusé de trafic de cocaïne qui maintient avoir transporté de la craie, reviendrait à lui détailler une partie de jambe en l'air avec un amant.

Elle le trahit en fricotant avec le droit pénal au lieu du droit des sociétés, du droit financier, du droit fiscal, du droit commercial et de la concurrence. Elle est la seule au cabinet à plonger les mains dans le pénal des affaires, là où les autres détestent traîner leur robe, préférant le costume-cravate. C'est elle qui suit les dossiers quand ils partent en contentieux et deviennent un caillou dans leur chaussure. Pour gérer la délinquance en col blanc, les dérapages qui peuvent arriver à tout chef d'entreprise, Philippe lui a toujours fait confiance. Elle lui a avoué, il y a quelques mois, son désir d'accompagner de simples justiciables balancés dans la machine à broyer et d'aller se frotter à des histoires plus humaines. En avalant le thé refroidi, elle craint qu'il la trouve ridicule, de vouloir, à 50 ans, devenir pénaliste, d'avoir suivi la formation d'une vingtaine d'heures, passé un examen pour se porter volontaire comme commis d'office du barreau d'Aix-en-Provence et d'être payée pour cela une misère.

Ça l'agace tout ça, Philippe ! Des signes d'irritation lui échappent parfois. L'univers du pénal est abrupt, un jeu de procédures et d'histoires boueuses. Rien qui ne ressemble à sa femme, si délicate. Il en est persuadé, elle en reviendra.

Laure doit dorénavant régler sa vie et ses activités au sein du cabinet en fonction des permanences pénales et de clients que Philippe juge, sans présomption d'innocence, être de la racaille. Pas question de recevoir ces gens-là au cabinet. Philippe a été clair. Dans l'univers feutré de Faure & Associés, à deux pas du cours Mirabeau, on cultive la discrétion, la distinction bourgeoise et les certitudes. Jamais, on n'y a vu d'agitateur de manche ou autre danseur de claquettes, on apprécie peu les pénalistes et encore moins ceux dont ils s'occupent. Si la décoration y est plus moderne que sous le règne du père de Philippe -les chaises tendues de velours rouge ont cédé la place à la transparence de fauteuils Starck- les seuls craquements qui se laissent entendre sont ceux du parquet.

Laure avait travaillé d'arrache-pied pour s'intégrer au cabinet, pour parvenir à se faire appeler Maître ou Ma chère consœur. Ce n'est qu'après qu'elle avait dit «oui» au fils du patron. On ne pourra jamais rien lui reprocher à ce sujet-là. Elle avait à peine levé le pied quand Louis et Edgar étaient nés. En plus de la nounou, sa belle-mère répondait toujours présente pour l'aider même quand on ne la sollicitait pas. Aussi élever ses deux garçons lui a paru d'une facilité déconcertante. Elle a pris soin d'eux comme sa mère l'avait fait malgré des horaires décalés. Elle a suivi leurs devoirs comme sa grand-mère avait tenté de le faire, à sa manière, dans un mélange de français et d'espagnol. Mais qu'a-t-elle transmis d'elle ? Le doigt de Laure interroge les fleurs fanées sur la tasse, la dorure passée bordant sa soucoupe. Elle ne leur a rien partagé de sa persévérance, encore moins de sa colère, rangée au placard avec ce qui l'a mue à endosser la robe d'avocat.

Philippe dépose son assiette dans le lave-vaisselle, y réordonne en bougonnant les petites cuillères mélangées aux fourchettes. Il se penche vers elle avec la raideur imposée par sa grande taille et l'enveloppe de ses bras.
– J'ai besoin de toi.
Laure ne perçoit pas la tendresse dans la voix de Philippe. Elle s'est usée et assourdie.
– Ne t'inquiète pas je vais suivre le dossier Girard.

À tout à l'heure.
— Je t'aime. À tout à l'heure.
Un « je t'aime » meurt en retour sur le bord des lèvres de Laure. D'autres phrases bouillonnent, vivantes au fond d'elle qu'elle ne parvient pas à saisir, à mettre en forme pour dire quelque chose à Philippe... Pour dire quoi à Philippe ?

Ses réflexions l'emmènent auprès d'Anita, sa grand-mère, devenue aphasique à la suite d'un AVC. Incapable de parler. C'était quelques mois avant d'annoncer son mariage, il y a un siècle, lui semble-t-il. Sans ce handicap soudain, Anita n'aurait pas mâché ses mots pour lâcher à Laure ce qu'elle pensait d'elle.

LA PETITE MAISON DANS LA PRAIRIE

Laura Ingalls
Tu sais c'que j'ai appris ?

Charles Ingalls
Non, mais je vais le savoir !

Laura Ingalls
Une maison c'est ce qu'il y a de mieux au monde !

CHAPITRE 5

Plis du pantalon parfaits, dans un blanc cassé qui met en valeur sa peau qu'on dit hâlée, le tailleur est au garde-à-vous sur le valet de chambre. Le costume est prêt à être enfilé. Depuis quelques mois, Laure s'est habituée à détaler vers Aix, Martigues ou Salon sur un simple appel. Parfois en pleine nuit sans même prendre de douche. Elle s'octroie cependant un temps suspendu, un geste lent qui habille son visage de fond de teint. Un rituel immuable et nécessaire.

Elle en maîtrise la technique d'application depuis des années. Le lissage de ses cheveux, qu'elle plaque et attache en chignon serré ou queue de cheval basse en est le préambule. Ses coups de brosse dégomment le débordement de mèches trop épaisses, presque crépues, les emprisonnent dans une coiffure stricte qui ne baissera pas la garde de la journée. Dans le miroir, la tache sombre de sa tignasse tirée en arrière lui renvoie une image convenue, une femme de facture classique, les épaules tendues dans une posture affectée. Elle sourit au portrait figé, l'interroge du regard, redoute à chaque instant qu'il livre une histoire différente de celle de son reflet.

Elle déroule alors le cérémonial du fond de teint, réchauffe au creux de sa main des gouttes épaisses déposées avec dextérité sur le front, le nez puis le menton. La précision de chaque geste chasse ses inquiétudes. Toutes sortes de craintes. Au fil des années, le fond de teint a permis de corriger les boutons, puis les cernes, à présent les rides. Il est devenu son plus fidèle ami, le plus intime. Il camoufle ses secrets, lui donne l'impression de changer de peau, de ne devoir sa couleur qu'au soleil, pas à des origines floues.

Laure s'est offert le tout premier tube de ce fluide magique dans le Monoprix du cours Mirabeau, à l'occasion d'une séance gratuite de maquillage. La conseillère beauté de Bourjois -ainsi s'était-elle présentée-, l'avait assise face à un miroir bordé de grosses lumières, comme une actrice avant une prise. Un sac lourd et mou d'étudiante à ses pieds, elle s'était confiée avec appréhension aux mains de la jeune femme qui lui avait montré comment cacher un point rouge qui, ce jour-là, était virulent.

– On peut camoufler toutes les imperfections, lui avait-elle soufflé.

Un secret transmis en terminant la métamorphose d'un coup de pinceau de poudre ensoleillée. La conseillère beauté -parce qu'elle n'était pas une simple vendeuse- était impeccablement fardée, de sa bouche brillante, aux reflets pailletés sur les joues. Ses sourcils surlignés de noir lui donnaient un air surnaturel. Une créature de *Star Trek.* Avait pensé Laure. Son chignon banane laqué allait rester le fantasme capillaire de Laure. La taille marquée de la blouse noire et la jupe droite de la jeune femme évoquaient une élégance aixoise inaccessible à l'étudiante qu'elle était. Mais, elle avait déjà appris à détecter les fausses notes : un décolleté abyssal signant le vulgaire, la qualité du tissu facile à nettoyer, trahissant l'ouvrière de la beauté.

Laure n'avait pas pris qu'une leçon de maquillage. Le fond de teint lui était devenu indispensable et Monoprix son magasin préféré. Avec son service du week-end, dans un Quick près de la Canebière, elle s'offrait sa dose de poudre dorée et une ligne vestimentaire discrètement siglée. Elle se métamorphosait, miscible au flot de la population étudiante qui se déversait sur le sentier longeant les façades arrière des facultés et rejoignait le parc Jourdan, antichambre du centre-ville. Elle pouvait se fondre dans le banc de filles aux sacs Longchamp et de garçons en pantalons à pinces dont les chaussettes Burlington aux losanges colorés revendiquaient une originalité ostentatoire. Ceux-là se réunissaient aux Deux Garçons en haut du cours Mirabeau, tandis que les étudiants de la fac de Lettres, repère de gauchistes en jean mous, fréquentaient Le Central, au pied de la Rotonde, quand ils ne stagnaient pas dans les cafèt' côté universités.

Elle n'avait jamais déballé sa trousse à maquillage devant sa mère, encore moins en présence d'Anita. Non pas par crainte d'une leçon de morale sur les filles trop maquillées qui -on le sait- finissent mal, mais à cause de la honte confuse de son désir de camouflage. Elle évitait désormais les virées shopping avec sa mère qui consistaient à prendre le bus pour faire les courses de la semaine et acheter des robes aux tissus trop synthétiques chez Leclerc. Elle n'avait pas osé lui avouer qu'elle préférait fréquenter Monoprix, la grande surface des riches aux vitrines se déroulant sur le cours Mirabeau.

Laure avait loué un studio, à quelques rues lorsqu'elle avait intégré le cabinet Faure. Parfois, à la fin de la journée, elle traînait à l'étage Mode et détaillait, avec une précision minutieuse, autant les portants que les clientes. Peu à peu, elle était devenue une de leur semblable, reproduisant cette nonchalance à poser la main sur un vêtement sans se demander si elle pouvait se le payer. Elle remplissait son panier dans les rayons alimentation du sous-sol avec une joie enfantine, comme quand sa mère ajoutait dans le caddie le paquet de gâteaux qu'elle n'arrivait pas à lui refuser. Puis, elle prenait la sortie de derrière, descendait la rue Espariat et rejoignait son studio, au-dessus de Miam Miam Glou Glou, un snack où les étudiants désargentés mangeaient pour pas cher et à volonté. Elle osait rarement, à cette époque, s'aventurer de l'autre côté, rue Papassaudi ou Marius Reynaud, repaire des belles boutiques. Elle ne s'y rendait d'ailleurs plus sans Séverine depuis l'achat d'un tee-shirt barré du logo d'une marque dont son amie avait moqué l'esprit nouveau riche. Laure n'avait jamais oublié cette erreur grossière, la faute de goût du parvenu.

Elle effleure à présent son visage. Un geste d'apaisement de la peau. Existe-t-elle encore sous la pulpe de ses doigts, derrière la sensation crémeuse ? Sa carnation mate se tait sous un beige plus lisse et une poudre de lumière. Le long miroir qui condamne le mur de la salle de bain semble un lac artificiel dans lequel elle noie la solitude de ces instants et se mire en cherchant qui est cette femme. Elle triture son flacon de fluide teinté Yves Saint Laurent dans l'attente d'une approbation qui ne vient pas. Le capuchon doré danse entre ses doigts quelques secondes. Un temps trop infime pour laisser s'installer l'idée que tout ceci n'est qu'une mascarade.

LA PETITE MAISON DANS LA PRAIRIE

Hariett Oleson
Je voulais que tout soit réussi pour toi Nels,
je t'aime tant. Je voulais que tout soit parfait.

CHAPITRE 6

Laure abandonne à la porte du commissariat la promesse d'une journée estivale. Deux policiers discutent ferme, à peine attentifs à elle, arrimés au minuscule îlot qui sert de point d'accueil dans le hall au bleu plus administratif qu'azuréen. Elle commence à se repérer pour se rendre au quart, s'interrogeant une fois encore, sur la perversité de l'architecte qui a conçu ce labyrinthe oppressant.

Il y a affluence de bon matin. Ils sont trois à attendre leur tour et la salle d'entretien n'est pas disponible. Un autre avocat est convoqué, un médecin aussi. Vu l'agitation, Kathy Andrieu ne doit pas être la seule personne mise en cause. Depuis que Laure est commis d'office, elle s'est rendue cinq ou six fois au commissariat d'Aix. Deux affaires de violence conjugale, un vol à la tire, des deals de cannabis sans envergure quand on sait qu'il vaut mieux descendre à Marseille pour trouver de la bonne herbe. Rien avec des mineurs. Pas encore. Il faut d'abord qu'elle se rode à la course contre la montre des comparutions immédiates avec de présumés innocents -ou plutôt des prédestinés coupables- ; des gardes à vue où elle doit naviguer en silence sans accès au dossier et sans munitions ; sans parler des auditions à la brigade des stups décorée d'une affiche de *Wolverine* et d'une collection de couteaux plantés derrière un OPJ qui caresse son flingue durant l'interrogatoire. Mieux vaut être en garde à vue à la gendarmerie qu'à l'hôtel de Police, son vivier de nouveaux clients. Des démunis. Des précaires. Des récidivistes désargentés. Des hommes jusqu'à aujourd'hui.

Philippe serait soufflé d'apprendre qu'elle les reconnaît. Elle sait qui ils sont. Elle retrouve le vibrato des voix qui viennent buter contre les murs des HLM. Un débit de mitraillette. Des accents qui révèlent des périples ou des routes barrées. Une bouche tordue par l'expulsion de la colère accumulée. Un éboulis de paroles chez ceux pour qui s'exprimer est une course d'obstacles au fil de laquelle les phrases s'effondrent. Leur façon de parler n'est que le symptôme d'une maladie. Les mots, il faut en connaître le secret, savoir les prononcer, les ordonner, les manipuler. Ceux que ces gens-là dégueulent n'ont aucun pouvoir hors de l'enclos des quartiers.

Les mots, Laure, à 15 ans, avait commencé à les collectionner. À 18, elle arrivait à les tenir en laisse. Elle se souvient de leur voisine de palier pour qui elle avait passé quelques coups de fil. Sa voix appliquée de jeune étudiante avait rappelé à son interlocuteur, avec le vocabulaire adéquat, les règles spécifiques du contrat de bail en HLM. Elle les avait répétés par courrier en quelques phrases bien senties, bien tournées qui avaient débloqué la situation. Elle était en première année de Droit, c'était sa première victoire. D'autres suivraient, elle en était persuadée.

Depuis, elle en avait gagné des affaires ! Elle en avait réalisé de beaux montages juridico-financiers, rédigé des procès-verbaux d'actionnaires, des notes pour des prises de participations dans des sociétés cotées pour les clients du cabinet Faure ! Mais devenir un ténor du barreau, défendre la veuve et l'orphelin appartient aux rêves qui se déballonnent et se diluent jusqu'à s'effacer. Tout comme les contours de sa personne se sont estompés dans son nouvel environnement. Elle est déjà allée bien plus loin qu'elle n'aurait pu l'imaginer au lycée. Maître Laure Faure, du cabinet d'affaires Faure & Associés, peut être fière d'elle. Laure a besoin de s'encanailler l'a taquinée Philippe dans un dîner en évoquant les récentes activités de son épouse. Elle en avait ri avec lui et avec les convives, confiant à l'épaisse protection de fond de teint le soin d'occulter la vague blême déferlant sur son visage.

Les rires mondains se dissolvent dans les éclats de voix du commissariat laissant de nouveaux sédiments se déposer sur la poitrine de Laure. À peine de quoi la comprimer davantage. Elle se tient droite dans le couloir où elle doit patienter. Maître Laure Faure attend Kathy Andrieu, dont elle ne sait rien de plus que le nom, dans une ambiance qui lui semble plus électrique qu'à l'accoutumée. Un OPJ surexcité exige encore du temps avant de donner accès à la salle d'entretien et rabroue le médecin qui réclame de voir rapidement le gardé à vue pour lequel il est requis. Son confrère s'agace et s'agite. Il était de nuit et c'est la deuxième fois qu'il est appelé, ça fait presque une heure qu'il est là, sa permanence va se terminer, il aimerait pouvoir prendre une douche et se rendre à son cabinet.
– Putain, faites-les taire !
L'OPJ hurle alors qu'une houle déferle de la zone d'enfermement. Ça gueule, ça tape contre des portes et des cloisons, ça siffle, ça chante même. Les policiers transmettent l'ordre de leur officier comme on file de main en main un seau d'eau pour éteindre un incendie. L'accès aux cellules a dû être refermé, les cris désormais étouffés ne semblent qu'exacerber la tension.

LA PETITE MAISON DANS LA PRAIRIE

Charles Ingalls
Après ce qui vient d'arriver,
on peut repartir presque à zéro.

CHAPITRE 7

Elle se prend pour Joséphine Karlsson ou quoi ? Derrière l'écran de verre, Kathy jauge la commis d'office qui entre dans la salle d'entretien comme dans une scène d'*Engrenages*. Une version méridionale et coincée de la rousse avocate de la série. Même style. Sûre d'elle. Le regard en coin. La silhouette impeccable du noir lustré des cheveux au bout des ongles d'un rouge sombre. Un caraco soyeux. Une veste de tailleur chic. Trop apprêtée pour être honnête. Kathy vomit ce genre de personnage. Laure hésite un instant avant de s'approcher de la paroi qui les sépare. À quoi elle joue ? Elle ne fait pas des permanences judiciaires pour payer son sac Vuitton !

L'imitation de Joséphine Karlsson s'assoit, tout aussi droite qu'elle. Elles se scrutent dans la transparence sale de la vitre. Les yeux écarquillés de Laure dévisagent Kathy qui plante son regard dans le sien telles des banderilles. Laure plaque du bout des doigts une mèche pourtant bien chevillée à sa coiffure laquée. Kathy flanque derrière l'oreille ses cheveux filasses et dépeignés. Elle retire prestement sa main et se vautre sur sa chaise pour stopper net tout mouvement mimétique. Elle renvoie une grimace ironique au chignon banane de bourgeoise.

Elle découvre la simili Joséphine Karlsson en gros plan, le front penché jusqu'à frôler la vitre. Pour qui se prend-elle à la mater comme un animal en cage ? Kathy attrape le regard, marqué de quelques rides, de la commis d'office, enfonce à nouveau ses yeux dans les siens. Elle la renifle. Évalue son âge. La cinquantaine. Cela devrait la rassurer d'être défendue par une avocate

qui semble en avoir vu d'autres. Elle pourrait ainsi happer la première bouffée d'espoir depuis qu'elle est ici. Mais, non. Elle fonctionne au feeling. Elle ne la sent pas. Dans les séries, Kathy ne s'attache jamais à ces femmes lisses qui ne connaissent rien à la vraie vie et passent leur temps à s'arranger avec leur conscience. Elle n'a jamais accroché à la blonde trop bien sapée de *Sex and the City* ou aux chipies de *Desperate Houswifes*. Seule, Piper Chapman, la sainte nitouche envoyée à l'ombre dans *Orange is the new black*, trouve grâce à ses yeux. Parce qu'elle en chie. Comme dans la vraie vie. En plus, elle, Kathy, n'a rien d'une peroxydée hollywoodienne. Elle est brune. Foncée. Noir corbeau. Son unique point commun avec l'avocate au poil brillant derrière la vitre. Alors que la silhouette, trop bien mise, trop bien coiffée, se penche encore sur la paroi spéculaire, Kathy se redresse dans un haut-le-corps.
Dans la faible luminosité de la pièce sans fenêtre, les yeux de Laure la poursuivent comme des lampes torches. L'avocate ausculte, de longues secondes, la femme aux épaules affaissées. Elle a pris l'habitude d'évaluer l'état des prévenus, mais elle se perd dans l'observation du polo ciel qui baille au-dessus d'un treillis. C'est la première fois qu'elle voit quelqu'un en uniforme de ce côté-là. La surprise la cueille. L'OPJ aurait pu la prévenir ! Le bleu marine trouble ses repères. Ne pas avoir la maîtrise des éléments lui est insupportable. L'habit ne fait pas le moine. L'expression populaire la percute, elle que ce langage commun agace. Les pupilles sombres de la femme qui la toise achèvent de déstabiliser Laure. Elle force un sourire poli et interloqué.
– Vous portez un uniforme ?
La question a surgi dans un réflexe de défense face à un désordre des choses. Elle interroge Kathy avant même de se présenter et se surprend elle-même de ce manque

de courtoisie. Elle la maudit de lui faire transgresser les règles de savoir-vivre qu'elle s'est toujours imposées. Tout lui est insupportable dans le reflet d'une silhouette dont elle ne perçoit que des points à relier, dans une gamme entre ciel et marine, une veine sous la peau translucide de la joue, le polo, des cernes bleuis par le délitement du maquillage, les cheveux pendouillant telles des algues dans une mer sale, le treillis. Une esquisse qui agresse l'ordre du monde architecturé par Laure et exacerbe sa terreur de ne pas en faire elle-même partie.
L'absence de cérémonial ne heurte pas la femme en miroir, les yeux plissés d'exaspération braqués sur Laure. La réponse claque.
– J'suis surveillante de prison.
– Je ne me suis pas présentée, je suis l'avocate de permanence.
– J'avais compris !
– Vous connaissez vos droits ?
– J'crois...
– L'officier de police vous les a rappelés ?
– J'sais plus...
Les billes noires continuent de radiographier la commis d'office. Elles balaient à présent les doigts bagués, un diamant à l'annulaire droit, une alliance aux trois anneaux entremêlés. Alors que Kathy baisse les yeux sur ses mains dépouillées, Laure enfouit les siennes dans son sac pour saisir son carnet de notes et se soustraire au regard de la surveillante. Les bijoux qu'elle aime tant, lui apparaissent à cet instant clinquants comme les ornements d'un statut social que la surveillante ne peut que lui envier. Kathy en profite pour expulser l'air qui l'étouffe.
– Faut que j'appelle mon mari !
– Votre famille a-t-elle été prévenue ?
– Je veux parler à mes filles !
Le corps de Kathy bascule en avant, prêt à l'attaque,

malgré le rideau de cheveux raides qui tombe devant elle comme à la fin d'une représentation. Laure retient le geste de les écarter du visage derrière l'écran de protection et un relent d'émotions crispe ses viscères. Elle coupe avec une douceur tranchante les doléances.
– Je regrette, vous n'avez pas le droit de les appeler… Vous avez l'air épuisée…
Kathy balaie l'échancrure de son polo pour respirer et d'autres points bleutés apparaissent au-dessus du cœur.
– C'est un hématome ? Vous avez été battue ? Vous devez vous entretenir avec un médecin… Il y en a un dans le commissariat, est-ce vous qui avez requis sa présence ?
La commis d'office tape sur les nerfs de Kathy. Sa façon de s'inquiéter pour sa santé comme si elle en avait quelque chose à foutre ! Sa manière de parler en s'appuyant sur les mots comme sur des béquilles. Trop posée. Trop fausse. Trop lente. Kathy pourrait s'endormir entre deux phrases. Elle n'a pas que ça à faire ! Elle doit rentrer s'occuper de ses enfants. Elle n'en veut pas des tirades d'avocat. « Est-ce vous qui avez requis sa présence ? » Bla-bla-bla. Elle doit sortir de là. Elle doit retrouver son rôle de mère. Elle écarte davantage l'encolure, pour exhiber les prénoms Jade et Lisa tatoués sur le haut de sa poitrine qui cogne jusque dans ses tympans. Elle croise les mains aussi lestement qu'elle les décroise, refusant de se laisser glisser dans une posture identique à celle de l'avocate avec ses ongles manucurés entrelacés sur les pages blanches d'un carnet. Son buste penche plus encore en avant.
– Vous ! Vous pouvez appeler mes filles ! Jade est peut-être encore à la maison !
– Je n'ai pas le droit de prendre attache avec votre famille… Vous devez savoir qu'à ce stade je n'ai aucun accès à votre dossier… Comment se passe votre garde à vue ? L'officier de police vous a-t-il expliqué ce qui était requis contre vous ?

Kathy, c'est évident, doit connaître le déroulement d'une garde à vue, mais Laure éprouve le besoin de réinstaller ses repères en égrenant les différents points. Il lui est nécessaire de remettre les choses dans le bon ordre, là où elles sont attendues pour être maîtrisées. Elle doit tenir les rênes que la femme, de l'autre côté, cherche à lui arracher.
Les silences de l'avocate déstabilisent Kathy, une absence de matière à saisir qui la fait retomber sur sa chaise. La commis d'office l'énerve à peser chaque phrase et à donner des coups de frein entre chaque mot. À croire qu'elle craint que l'un d'entre eux puisse se retourner contre elle.
– J'sais pas exactement ! Vous devez le savoir. C'est vous la Joséphine Karlsson de l'affaire, c'est pas moi !
– Qui est Joséphine Karlsson ?
– Vous ne connaissez pas la série *Engrenages* ?
Kathy émet un rire fébrile. Elle aurait grincé de la même manière si l'avocate lui avait annoncé qu'elle ne la défendrait pas.
– Cela a un lien avec… le motif de la garde à vue ?
Kathy secoue la tête, effondrée par les yeux écarquillés de l'avocate. Son air de ne rien comprendre. Tout le monde connaît *Engrenages*. D'où elle sort ?
– Non ! C'est une série. Mais je n'ai rien fait de vraiment grave, s'agace Kathy.
Laure toise le polo qui trahit la moiteur du corps de la surveillante sans réprimer une moue de mépris. Elle s'interdit de s'arrêter sur des images du petit écran et se cadenasse dans son rôle d'avocat. Elles se sont toutes deux raidies chacune reproduisant la posture de combat de l'autre.
– Vous dites n'avoir rien fait de, vraiment, grave. Expliquez… Développez…
Laure souligne le vraiment d'un signe ouvrant des guillemets blasés. À ce stade des gardes à vue, ils n'ont jamais « vraiment » fait quelque chose. Le mouvement

des ongles rouges dans l'air fait sortir Kathy de ses gonds. Comprend-elle, cette femme maquillée comme une voiture volée, trop poudrée pour être honnête, que, dans la vie, il n'y a pas les bons d'un côté et les méchants de l'autre !
– Non vraiment. C'est comme dans *Mafiosa*, voyez ! Ou même dans *La petite maison dans la prairie* si c'est plus votre genre ! C'est pas tout noir ou tout blanc ! rétorque Kathy en imitant la voix de Laure, la bouche braquée vers elle en cul de poule.
Elles se toisent. Les yeux dans les yeux. Les sourcils de Kathy que Laure juge bien trop épilés, lui donne un air candide et hébété. Abruti. Par les séries télé sans nul doute. Si cette femme est coupable de quelque chose, c'est bien de crétinisme.
– *Mafiosa*... hésite Laure, interloquée.
– Ma série préférée.
Mafiosa, bien sûr. Laure connaît de nom. Vaguement. Elle ne s'intéresse pas à ces choses-là. Kathy soupire et se laisse tomber sur le dossier de sa chaise. Elle ne peut accorder sa confiance à quelqu'un qui méprise son monde. Dans la vitre, le reflet de son propre visage posé sur les guenilles de la surveillante de prison révulse Laure. Elle a coupé depuis longtemps la télé et le robinet de la culture populaire. Le jet d'une canalisation condamnée se libère brutalement, un geyser d'images l'éclabousse. Il lui gicle en pleine figure autant que le crachat que lui envoie la souillon face à elle en moquant l'allure de bourgeoise qu'elle entretient minutieusement. La transpiration -un mélange de la salive ou de l'eau qui la macule, imagine-t-elle- forme une goutte qui glisse entre ses seins et menace de tacher la soie de son caraco. La musique de *La petite maison dans la prairie* envahit son crâne dans un élan migraineux et lui file la nausée. C'était celle-là, sa préférée.
– Vous servez à quoi ? cogne Kathy.
Elle veut jauger ce que l'avocate a dans le bide, si elle

peut tenir la route, sauver sa famille et accessoirement la défendre. Mais elle demeure impassible.
– Vous voyez pas qui c'est Joséphine Karlsson ? Dans *Engrenages* ?
– C'est un feuilleton ?
– Vous en êtes resté à *Columbo* ou quoi ? Vous devriez regarder. C'est comme *Columbo*, ça commence toujours avec un cadavre !
Dans un rire qui grince aux oreilles de Laure, Kathy s'amuse à monter le son de ses images télé et condamne l'avocate à parcourir l'écran de ses souvenirs.
– Poursuivez... qui est Joséphine Karlsson ? souffle Laure.
– C'est l'avocate dans *Engrenages*. Je l'aime pas. Elle vous ressemble. À part qu'elle est aussi rousse que vous Arabe !
Un haut-le-cœur déforme le visage de Laure.
Elle déglutit la comparaison télévisuelle de Kathy et avale un reflux venu du fin fond de son estomac. Sa veste pèse lourd, une armure de fer sur ses épaules, et étouffe chaque grain de sa peau mate. Sa montre lui indique que les trente minutes d'audience ne sont pas écoulées. Elle s'est pourtant levée, sans même s'en apercevoir, prête à partir, fuir, déguerpir, décaniller, perchée sur ses sandales instables comme une plaque tectonique mouvante.
Elle envisage d'écourter, voire de renoncer à accepter cette commission d'office. Cela peut-il se faire sans dégât pour sa réputation ? Qu'a-t-elle à se laisser dominer pas ses émotions ? En quête d'un équilibre, elle enfonce ses talons. Des échasses qui donnent autant d'allure que de hauteur. Sa main se plaque sur la ceinture de son pantalon. Brusque, elle éclate la goutte de sueur qui poursuivait sa dégringolade. Puis, ses ongles peints, au bout de ses doigts pâlis par la panique et le sang qui se retire, viennent tapoter le bord du bureau, cherchent à imposer son rythme pour reprendre

sa place. Elle se calme, se bride et fusille du regard Kathy qui caresse son tatouage comme un enfant son doudou.
– Si vous voulez retrouver votre foyer, arrêtez de jouer les *Mafiosa* et écoutez-moi bien ! Vous avez trois possibilités : garder le silence, répondre aux questions ou faire une déclaration. Je vous conseille d'éviter de mentir ou de raconter n'importe quoi ! Alors, laissez votre programme télé et revenez à la réalité ! C'est quoi la réalité ? La vérité ?
La voix acérée de l'avocate érafle Kathy. Son foyer ? Elle la prend pour qui ? Une *Desesperate Housewive* qui s'emmerde ! Son visage s'effondre entre ses mains. L'envie d'étreindre ses filles l'empoigne aux tripes ! Mais plutôt crever que d'avouer à l'avocate que c'est la seule chose qui la tient droite depuis que les flics l'ont serrée. Laure se pose sur le bord de sa chaise et tourne son alliance autour du doigt.
– Y'a aucun dossier sur moi ! J'ai juste rendu des petits services ! Vraiment !
Kathy lui a répondu, crânement, bravache. Vraiment. Elle s'est appuyée sur le mot. Elle a vraiment voulu être utile et faire plaisir au Kabyle. Qu'est-ce qu'ils peuvent avoir sur elle ? Et puis, elle doit bien savoir ce que c'est la prison, cette Joséphine Karlsson-là ! Elle doit être au courant que, parfois, un surveillant ça ferme les yeux. Aucun de ses collègues ne pourrait dire le contraire. Et puis, les petits coups de main, ça aide tout le monde. Les voyous d'abord, parce que la détention, c'est pas humain. Et puis sa famille à elle -ses filles surtout- pour mettre du beurre dans les épinards comme on dit. Elle a fait ça pour Jade et Lisa. Le Kabyle lui avait dit qu'avec l'argent, elle pourrait leur offrir ce qu'elle voudrait. Elle frémit à la pensée du taulard. C'est le genre de détenu auquel les surveillants sont attentifs : il peut calmer la prison comme y foutre le feu. Un caïd. Un vrai. Au fil de leurs échanges dans la cellule, il n'a jamais rien laissé

filtrer de ses activités. Elle ne sait rien sur lui. Même pas la couleur de ses yeux. Rien d'autre que les services rendus.

– Des petits services… Quels types de services ? Expliquez…
– Pas grand-chose !
Les sourcils de Kathy se soulèvent insolents. *Joséphine Karlsson*, elle, au moins, elle aurait pu entendre que ce n'était pas grand-chose ces petits services. C'était par sympathie. La première fois, elle a juste prêté son téléphone au Kabyle pour qu'il y glisse une mobicarte. Après elle a suivi le mouvement. Peut-elle imaginer, cette femme-là avec ses bagouses qui doivent coûter quelques salaires, que c'est difficile de boucler les fins de mois ? Tout est tendu, le compte en banque et les relations avec Michaël qui travaille de moins en moins. C'est elle qui porte la famille. Le garçon dont elle était tombée amoureuse au lycée, qui la saoulait de vent à fond sur sa moto, entre la voie ferrée et la Nationale 3 à Bondy, passe maintenant ses journées chez eux, ses soirées sur le canapé, entre des jeux vidéo et des séries. Et encore, pas les mêmes que les siennes ! Le regard dégrisé de Kathy se perd pour murmurer.
– Mon mari, Michaël… Quand je l'ai rencontré à Bondy, il ressemblait à…, vous savez, *MacGyver*. Il est au chômage. Tout le temps. Et moi… je rêvais d'avoir ma *Petite maison dans la prairie*. Vous voyez ?
Laure ne supporte plus que le visage de Kathy se superpose au sien dans le reflet de la vitre. Elle coupe sèchement la surveillante et ses propres sentiments qui tambourinent comme un mal de tête pulsatile. Elle s'agace des explications décousues dans lesquelles Kathy se vautre. Encore plus de son obsession pour les feuilletons. Les références télévisuelles l'inondent. Elle voudrait fermer le robinet ou colmater la fuite. La déferlante la transporte sur le canapé recouvert d'un

plaid trop coloré tricoté par sa grand-mère, face à l'écran, elle a une dizaine d'années.

Une question idiote lui fait reprendre ses esprits : que vient faire *MacGyver* à Bondy ?

Sa cliente a consumé les trente minutes avec des âneries. Résultat, Laure va ressortir d'ici sans explications. Elle ne sait rien des services que la surveillante a pu monnayer. Pas plus si Michaël-MacGyver est impliqué.

À l'aide de ses doigts, Kathy peigne ses cheveux, elle semble se contempler dans un miroir, les yeux perdus dans ceux de Laure. Un mouvement affolé précipite l'avocate contre le dossier de sa chaise dans un refus de se retrouver dans cette femme. Elle rejette les souvenirs partagés et sautillants du petit écran. Ceux de Kathy. Les siens. Quand elle regardait *La petite maison dans la prairie* blottie contre sa grand-mère ou qu'elle rêvait, devant *Perry Mason,* de défendre un jour la veuve et l'orphelin. Elle chasse les images. Si seulement Kathy pouvait s'effacer avec.

– Bon… Vous allez être auditionnée par l'officier de police. En raison du motif de garde à vue, vous devriez être filmée… C'est pour protéger vos droits… C'est une affaire importante… conclue Laure d'une voix blanche et asséchée.

– Importante pour votre carrière, c'est ça ?

Kathy se demande si elle peut réclamer un autre avocat. Un gratuit aussi. Mais qui lui inspirerait confiance.

LA PETITE MAISON DANS LA PRAIRIE

Révérend Alden
Arrêtez Mesdames, je vous en prie.
Arrêtez ou j'oublie que je suis pasteur
et je vous assomme l'une comme l'autre !

CHAPITRE 8

Le soleil enflamme d'une lumière spectrale le pare-brise de l'Austin. Des ondes de chaleur irradient l'habitacle. Les poings transis de Laure agrippent le volant brûlant sur lequel des vagues d'une terreur glacée viennent se fracasser. L'écho des mots de la matonne explose comme autant de bombes anciennes rescapées d'un déminage que Laure avait pourtant cru minutieux.

Son corps vacillait en sortant de la salle d'audience et, depuis, des bourrasques d'angoisse la violentent. Elle a trouvé refuge dans le cocon protecteur de sa Mini Cooper. Elle attend une accalmie. Les souvenirs devraient sombrer au plus profond d'elle-même. Inaccessibles. La honte également. La peur peut-être aussi. Elle patiente. Les émotions vont s'atomiser. Jusqu'à ce qu'elle n'éprouve plus rien.

Le geyser d'images que lui projette Kathy la submerge. À nouveau. Elle tente de se rattraper à des choses infimes du quotidien. L'alliance qu'elle fait tourner en rond autour de l'annulaire. Le maquillage sans bavure renvoyé par le rétroviseur. Le tissu confortable de son pantalon sous ses paumes moites. Le carnet qui dépasse de son sac où les notes de travail laissent parfois place aux pensées couchées d'une écriture illisible par d'autres qu'elle. Le cabas dans lequel sa robe d'avocat ambitionne de plaider une affaire d'envergure. Le cuir brun et élégant qui gaine le tableau de bord. Les voyants éteints. Le compteur à zéro.

Elle demeure immobile. Un chien à l'arrêt. Elle va bientôt reprendre le contrôle d'elle-même, à la manière

d'un pilote, après de fortes perturbations, s'assure que les instruments de navigation fonctionnent et qu'il garde sa trajectoire.
Elle saisit son téléphone pour une recherche Google. Joséphine. Carlson. Karlson. Karlsson. Elle devient dingue ? Merde ! Elle le jette dans son sac. Elle ne va tout de même pas vaciller à l'évocation absurde de feuilletons ! Elle attrape son carnet dans lequel elle constate n'avoir noté, en haut d'une page vierge, que le lieu, la date et l'heure de l'audience. Sa main fébrile s'empare du stylo.

Je ne veux pas revoir cette femme. Je ne supporte pas son regard qui me transperce. Je ne peux pas l'entendre parler de MacGyver ou de Columbo.
Comment a-t-elle pu me balancer que j'étais Arabe ? Qu'est-ce qu'elle a repéré ? Qu'est-ce qu'elle a compris ? Personne ne connaît mon histoire. Surtout pas Philippe. Comment mon mari peut-il en savoir moins sur ma peau que cette femme-là ?

Laisser tomber la commission d'office ou devenir l'avocate de Kathy Andrieu ?
Pour
- *Ne pas me griller auprès du barreau*
- *Gagner une réputation de pénaliste*
- *Suivre un dossier important*
- *Une affaire qui va faire du bruit*

Contre
- *Une affaire qui va faire du bruit*
- *Peur de ne pas y arriver*
- *Devoir quitter le cabinet ?*
- *Perdre Philippe ?*

LA PETITE MAISON DANS LA PRAIRIE

Nels Oleson
Alors on ne peut rien faire ?
L'avocat
Rien légalement. Je ne sais pas quoi vous dire.

CHAPITRE 9

J'en veux pas de votre commis d'office !
Elle pourrait le dire, ici, maintenant, que ça va pas le faire avec l'avocate. Si seulement le flic arrêtait de lui broyer le bras. Il a l'air un peu con avec ses yeux ahuris. Elle crispe son poing pour gonfler le biceps. Elle n'a pas peur de lui. Elle ne peut pas lui balancer que cette bonne femme lui fout les jetons. Ils sont plantés au milieu du couloir à attendre. Quoi ? Mystère. Il a vraiment l'air d'un abruti à pas savoir quoi faire. Toutes les portes sont fermées. Elle n'entend que des bribes de voix qui transpercent les cloisons. Des énervées, des trapues, des éteintes. Celle du capitaine est rugueuse, un éboulis de grognements qui s'effondre sur des « putain » et des « fais chier ». Même pas peur de lui non plus. Kathy tente de s'en convaincre. Ses deux poings se serrent, les biceps prêts à en découdre. À lui, le capitaine, elle va lui dire. Elle n'en veut pas de cette avocate qui joue à la grande dame. Propre sur elle. Pas nette à l'intérieur. Qui s'intéresse à elle parce que c'est excitant, ça, une matonne en garde à vue ! Surtout, et c'est surtout ça qui la fiche en rogne, elle la regarde avec mépris quand elle lui parle de *MacGyver*. Maître Machin -elle a même oublié son nom- n'a qu'à retourner dans sa petite vie coincée qui doit tourner en rond. Comme l'alliance qu'elle revient toujours triturer. Et que je te la tourne ! Et que je te la tourne encore ! Pour montrer qu'elle a pas un, pas deux, mais trois anneaux en or ! Eux, ils ont pas besoin de ça avec Michaël ! Elle s'affaisse sur elle-même rien que d'y penser. Le grand con accroché à son bras la pousse pour qu'elle s'assoie sur un banc. Elle s'écroule de trouille. La terreur de perdre Michaël. Que tout

s'effondre. Même sa petite vie coincée. C'est ça qu'elle voudrait avouer. Là maintenant. À Joly qui sort de son bureau et replace, sans ménagement, son tee-shirt Fast&Furious dans son pantalon. Il prend un air excédé en voyant rebondir vers eux l'avocate sur ses talons. Est-ce qu'elle lui balance à Fast&Furious qu'elle, c'est pareil, Maître Machin lui met les nerfs en pelote ? Mais ce qui la rend folle de rage, Kathy, mais vraiment folle de rage, c'est qu'elle crève d'envie d'être comme elle, fière de caresser son alliance et de jeter à la gueule des autres son bonheur familial. Merde mon alliance ! Ils l'ont dépouillée de ça aussi.

– Pas maintenant l'audition, on vous rappelle !
Le capitaine rassérène Kathy en aboyant sur Maître Machin. Allez, hors-jeu, l'avocate !
– Mets-lui les pinces !
Il s'adresse sur un ton identique au grand con planté près d'elle. Et voilà qu'il lui écrabouille de nouveau le biceps. La peur étreint Kathy. Il se passe quoi ?
– Pouvez-vous me dire où vous l'emmenez ?
Ah ! Là, Kathy apprécie la commis d'office ! Sa voix cassante, méprisante. Même Fast&Furious se la prend dans la poire.
– Perquisition !
– Vous ne l'avez pas encore auditionnée !
– Et alors ?
– Je peux vous accompagner ?
– C'est pas prévu.
Kathy voit bien que son affaire excite le commissariat. Mais qu'est-ce qu'ils ont vraiment contre elle ? Vraiment. Elle dirait, l'autre, en faisant des manières. L'autre qui ne la regarde pas dans les yeux, raide sur ses talons. Comment elle fait d'ailleurs pour ne pas tanguer entre l'altitude de ses pompes et le vent que vient de lui mettre Fast&Furious ? Le flic n'a pas envie qu'elle fourre son nez dans ses affaires.

– Vous vous y opposez ?
– C'est mon droit, cher Maître !
Le lieutenant fait craquer ses phalanges, puis serre d'un cran sa ceinture. Il a tout son temps, rien d'autre à faire de sa vie confirme la trace claire sur son majeur gauche que le bronzage de l'été a à peine estompé. À Kathy, ils l'ont enlevée aussi. Ils veulent quoi ? Qu'il ne lui reste rien ! Même pas le petit anneau qui la relie à Michaël ! Elle pense à ceux qui encerclent l'annulaire de Maître Machin. Elle essaie à peine de se souvenir de son nom. Un nom improbable. Kathy ne lui jette pas un regard. Mais, c'est contre elle-même qu'elle est en colère. Une rage qu'elle n'avait jusqu'alors tournée que vers Michaël.

MAFIOSA

Toussaint
J'oublierai jamais ce que tu as fait pour moi !

Sandra Paoli
Moi non plus, j'oublierai jamais.

CHAPITRE 10

Chaque pas fait crier les gravillons. La branche d'un arbousier secouée par un épisode de vent furieux entrave leur passage. Les cyprès les dominent avec leurs écailles tirant vers le gris, tendues comme des flèches dans le ciel. À leurs pieds, des touffes piquantes ont grillé tout l'été au soleil. L'herbe n'est pas plus verte ici. Plutôt jaune même. De toute façon, Kathy n'a jamais aimé la campagne. Les environnements bétonnés, le bourdonnement constant de la route et la rumeur des centres commerciaux la rassurent. On les entend d'ailleurs, derrière la végétation.

Par la porte ouverte, des voix s'échappent. Celle de Michaël lui parvient pâle et effacée. Kathy va bientôt lui apparaître, menottée, tenue par un flic, comme dans une série policière. Elle ne craint pas son mari. Qui pourrait-il bien effrayer ? Sa faiblesse lui broie le cœur. Elle perçoit sa question émoussée par le mur qui les sépare, presque une réponse, déjà un aveu.

– Qu'est-ce que vous cherchez…

Le voilà qui s'avachit, lui et sa voix molle, sur la chaise de la cuisine quand elle franchit le seuil, les mains dans le dos, le biceps soumis à la poigne du flic, l'uniforme devenu un accoutrement. Elle balaie du regard la présence de Michaël, knock-out depuis de longues minutes, pour s'accrocher au décor rassurant de son intérieur. Son chez elle. Son coin de paradis. Ils sont en train de le souiller. Elle voudrait leur gueuler qu'ils n'ont pas le droit, c'est l'aboutissement d'un rêve. Sa maison.

Dès la première visite, elle lui avait trouvé un air de famille avec les villas devant lesquelles ils s'extasiaient à Sanary. Bien que plus petite. Bien que coincée entre les façades d'autres, plus grandes qu'elle. Bien que le jardin ne soit qu'une cour étroite. Bien qu'elle ne se situe pas sur la côte, mais près de l'étang de Berre, à Vitrolles, ville dortoir. Malgré cela, elle prend le soleil quand il est au midi. Il éclabousse alors les cailloux blancs de leur cour, les murs en crépis jaunis, les dalles blondes de la terrasse et pénètre par les portes-fenêtres. Elle ne ferme jamais les volets en plein jour, comme le font les gens d'ici pour ne pas laisser entrer la chaleur, sauf par grand mistral. Elle ne connaissait du climat de la région que la lumière crue. Elle ne se doutait pas que le vent pouvait y être aussi brutal. Il assèche l'air, gifle jusqu'à la peau sous les vêtements, s'insinue dans les intérieurs et balaie tout sur son passage.

Même si le conseiller de la banque avait exclu Michaël de toutes les simulations de prêt, ils avaient pu s'offrir leur villa. Ils devaient le crédit sur vingt-cinq ans à son statut de fonctionnaire et au salaire du 5e échelon obtenu avec sa mutation. Elle avait gagné plus de responsabilités sans pour autant avoir de rôle hiérarchique. Peu importe, être chef ne la tente pas.

L'intérieur de leur maison n'a rien à voir avec l'appartement dans lequel elle a grandi et où ils s'étaient entassés. Si Kathy avait dû décrire leur logement de Bondy, elle aurait évoqué les murs qui cloisonnent les pièces étroites et la vie sans horizon. Elle aurait raconté le quotidien des voisins dont les bruits rompaient le silence de sa mère et interféraient avec le bavardage de la télé. La villa ne ressemble pas non plus au F2 qu'ils avaient pu louer quand elle avait obtenu son premier poste à Nanterre. Un premier étage, au-dessus du va-et-vient d'une épicerie, tout près de la gare de Bondy, idéalement placé pour voyager sur le

RER E et rejoindre la ligne A. En bordure de Vitrolles, ils sont propriétaires d'une vraie maison, 75 m^2 de plain-pied, pas si loin de la mer. Il suffit de prendre l'autoroute pour trouver la première plage.
La surface, une poignée de mètres carrés de plus qu'en Seine-Saint-Denis, lui donne une sensation d'espace. Le salon ouvert sur la salle à manger avec son bar est spacieux, accueille un écran de télévision aussi large que la porte-fenêtre qu'il jouxte.
Les anciens propriétaires avaient laissé une cuisine neuve dont le plan de travail en fausse pierre de taille avait impressionné Kathy. Mais ce qui avait emballé toute la famille, c'était le frigo américain surdimensionné et pas innocent dans la situation de surendettement qui avait contraint leurs prédécesseurs à vendre le bien. En cinq ans, ils en ont pris soin. Chez les Andrieu, on se nourrit simple, de plats préparés choisis par Michaël pour leur plaire. Le grand congélateur est une bénédiction pour les stocks de surgelés.

L'appareil électroménager imposant et chromé se tient maintenant la gueule ouverte, à la merci des flics qui le fouillent, cherchent on ne sait quoi derrière les pots de moutarde, de mayonnaise, de yaourts, soulèvent les paquets de jambon, de saucisses de Francfort, la barquette en aluminium avec un reste de lasagnes et les 33 cl de Kronenbourg. Michaël ne s'est fait ni au rosé ni au pastis. Le jour où il a commandé un petit jône au comptoir, il a bien vu à l'œil du tenancier qu'il ne ferait jamais illusion ici. L'impossibilité, malgré ses efforts, de prononcer « jaune » à la marseillaise et avec naturel avait sonné le glas de toute tentative d'intégration.
Elle pense à ça, Kathy, à cet instant, au petit jaune et à la Kro, avec lesquels ils trinquaient le soir, ouvrant grand la bouche pour imiter l'accent de Marseille. C'était les premiers temps, après leur arrivée, heureux comme les

pionniers s'appropriant un lopin de terre. Finalement, elle y était parvenue, de la même manière que la famille de *La petite maison dans la prairie* ! Elle se prenait pour Sandra dans *Mafiosa*, mais elle aurait fait une bonne Caroline Ingalls. À regarder Michaël préparer les braises pour les merguez, à lui sourire quand il balaie de sa main la lavande pour en dégager le parfum, à se coller contre lui pour sentir sa peau à l'odeur poivrée. Elle avait craché sur un bonheur qu'elle avait fini par trouver trop terne et trop étroit. Elle en avait voulu à Michaël de s'en contenter.

Ce n'est pas l'air réfrigéré qui fait frissonner Michaël, mais la peur liquide qui s'infiltre jusqu'à ses phalanges blanchies par la pression sur la chaise à laquelle il s'accroche. Le ventre rond, le muscle assoupi, le genou aigu, la tête baissée sur un pantalon dont il ne sait plus lui-même s'il s'agit de son jogging ou de son pyjama, ses yeux partent à la dérive. Il n'ose pas regarder autour de lui les trois hommes qui continuent de déshabiller leur maison. Ils sortent à présent des placards les paquets de céréales, de cacao, de sucre comme s'ils s'invitaient à prendre le petit-déjeuner. Là, maintenant, sans se gêner. Ils inspectent l'intérieur des boîtes et ouvrent même le pot de Nutella. L'odeur de noisette et de chocolat accentue son angoisse. Il voudrait exiger des flics qu'ils ferment le bocal. Ses filles raffolent de la pâte à tartiner et elles n'ont rien à voir avec tout ça !

Figée dans l'encadrement de la porte, Kathy se dit qu'il faudra tout jeter, pas question que Jade et Lisa ingèrent la nourriture souillée par des mains inconnues. Son ventre réclame le pain de mie où elle étale la margarine lorsqu'elle partage le matin avec elles. Vestiges de sa vie qui s'ébranle, les bols avec un fond de chocolat sont encore là. Il est pourtant près de 9 h 30 à la pendule choisie pour son inscription Home avec le o en forme de cœur. Michaël devait traîner, pensant qu'il avait encore du temps pour ranger ! La vue de son mari qui glisse du dossier de la chaise comme un torchon mal accroché, lui contracte la mâchoire et ses trapèzes endoloris. « Tiens-toi droit, putain. En garde. »

Le jeune gars nerveux sur lequel elle avait flashé dans leur club de boxe a disparu depuis belle lurette. Il travaillait comme gardien dans des entrepôts à Pantin, alors qu'elle suivait sans conviction les cours d'un bac pro secrétariat qui devait, au mieux, être un laissez-passer pour suivre ses envies d'aventure. Elle rêvait de devenir hôtesse de l'air. C'était de l'ordre du possible. Il fallait mesurer au moins 1,60 mètre et elle est plutôt grande. Servir des cafés en altitude lui paraissait le meilleur moyen de se barrer. Même si sa mère, dans un de ses rares moments de présence, lui assurait que c'était bien secrétaire, ça devait être plus reposant que coiffeuse ou vendeuse où on est toujours debout. Pour Michèle, dont le quotidien consistait à nettoyer les bureaux vides, pouvoir s'y asseoir représentait un bond dans l'échelle sociale. C'était ce qu'on pouvait espérer de mieux dans son milieu.

Le gros bras qui l'a fait flancher avec ses cheveux blonds, aux mèches alanguies dans le cou, qui débridait sa moto pour s'offrir une sensation de puissance, sursaute à présent quand les flics entraînent sa femme vers le salon. Tout a fondu chez lui, les muscles et les rêves, il paraît chétif, malgré un ventre enflé à coup de bières, les épaules comme un cintre nu accroché à sa tête clairsemée et résignée. Pas elle. « Putain, mets-toi debout ! »

C'est vrai quoi. Pourquoi il ne se redresse pas ? Il est trop enfoncé dans sa vie de merde ou quoi ? Il est où le gars des virées à mobylette auquel elle se collait quand il caressait de trop près les bagnoles en passant. Elle voudrait le traiter de trouillard, là devant les flics tout

autant qu'elle a envie de se blottir contre lui parce que c'est elle, aujourd'hui, qui frôle de trop près le danger. Elle a souvent menacé de le quitter ! Elle regarde ses mains, larges et solides. Elle les a toujours aimées, même si la première fois qu'elle les a vues c'était avec des gants de boxe. Il lui manque. « Allez, redresse-toi ! »
– Vous êtes pas obligés de tout foutre en l'air ! jette-t-elle avec hargne.
– Oh oh. On se calme là !
Alors qu'une poignée resserre son bras, les flics lancent les coussins en un feu d'artifice retombant mollement sur le carrelage froid, soulèvent les assises et les dossiers du canapé d'angle en skaï. Elle tire son épaule, se retient de gueuler encore. Ils saccagent le refuge moelleux, celui dans lequel elle se détend après ses services de nuit, face à l'écran plat, le plus grand qu'ils aient trouvé, dont elle a payé la dernière échéance de prêt en mars. Ils enlèvent la couverture dans le coin, là où elle aime se caler pour étendre ses jambes, ses pieds surélevés pour les reposer. Sur l'autre branche du canapé, un léger affaissement garde la mémoire des passages de Michaël. Son cul qu'il ne bouge plus trop, qui s'est épaissi, creuse chaque jour un peu plus l'assise en jouant à Fifa et en matant des séries. À se demander si les détenus ne sortent pas plus souvent que lui ! Kathy pense au Kabyle. Même entre quatre murs grêlés, il paraît plus vivant que son mari. « Putain, réagis. En garde ! »

Michaël et le salon sont dévastés. De la cuisine, il observe le champ de bataille, lui qui tente désespérément de faire de leur intérieur un havre de paix. Il compense la culpabilité de ne pas ramener d'argent en prenant soin de ses femmes : ses deux grandes filles et sa petite épouse chéries. En plus des courses, il s'occupe de la décoration et du rangement -mal, rétorquerait Kathy. Il lui avait déniché le gros coussin, qui git à présent à l'autre bout de la pièce, pour surélever ses jambes quand elle regarde la télé. Il est à terre lui aussi. Abattu de ne rien faire pour protéger sa Kathy, sa princesse, son héroïne. Ses bras ballants sont désolés.

Les flics s'en prennent aux étagères de la vidéothèque et du meuble télé noirs, arrachent la Playstation, scrutent les boîtiers de jeux et de DVD jusqu'à l'intérieur des jaquettes. Tout y passe, les *Marvel's Daredevil, Vikings* et autres *Game of Thrones* d'avant leurs abonnements à Netflix, OCS et Amazon Prime. Ils les ont tous, ça coûte moins cher que les DVD. C'est l'année où Kathy était devenue accro à *Orange is the new black* qu'on leur avait parlé du concours de surveillant de prison au club de boxe. Elle y avait vu un signe, une échappatoire à sa vie coincée entre les barres de Bondy. Drôle de métier -elle n'y aurait jamais pensé- c'était un truc de dingue avec la sécurité de l'emploi. Et pour Michaël dont les plages entre deux boulots étaient de plus en plus aléatoires, c'était inespéré.

Il était parti avec un avantage sur elle. Il avait fait des études dans ce domaine, un CAP agent de sécurité et avait de l'expérience dans le secteur. Si promener un chien la nuit sur le parking d'une zone industrielle s'appelle de l'expérience. Michaël n'avait jamais vraiment rêvé d'être un gros bras, mais, à l'adolescence, il avait suivi la suggestion d'une conseillère d'orientation. Le métier s'annonçait plus excitant que chaudronnier ou plombier. Il avait surtout aimé la compagnie du berger allemand.

Kathy avait passé les épreuves à l'aise. Il s'était vautré. Il était exigé d'avoir le brevet des collèges et d'être en bonne condition physique. C'est pas le bout du monde ! Kathy en est convaincue : il s'était sabordé à l'entretien avec le psychologue. On les avait bien prévenus qu'il n'y avait pas de mauvaise réponse. Il fallait juste être soi. Il n'avait pas réussi. Il ne s'était jamais remis de cet échec, encore moins d'avoir déçu sa femme. Depuis, le travail, il le cherchait à peine. Il avait arrêté la boxe. Elle combat mieux que lui et ils ne jouent plus dans la même catégorie. Il place ce qui lui reste d'énergie à s'occuper de sa famille et de la maison. Mais il ne fait plus le poids. Disqualifié. « Debout ! » Kathy le supplie du regard. C'est la première fois depuis longtemps qu'elle désire s'appuyer sur lui.

Comme attaché à la chaise de la cuisine, Michaël ne parvient pas à faire face au fracas des DVD qui sont jetés au sol, les films et les séries qu'ils adorent, les reliques de ce qui les avait unis. Il lui est impossible de se lever, de suivre les flics occupés dans le salon ou ceux qui s'en prennent à leur chambre qu'il entend écarter les placards des murs pour trouver de la poussière. Alors qu'il suffit d'ouvrir le tiroir de la table de chevet de Kathy.

MAFIOSA

Jean-Michel Paoli
Une femme qui s'occupe pas de ses enfants,
c'est pas une femme !

Marie-Luce Paoli
Parce que tu te prends pour un homme, toi ?
Mais si t'étais un homme ce serait toi le patron.

CHAPITRE 11

Michaël est submergé par la horde bleu sombre. Même elle, sa femme, porte encore son treillis. Il ne l'a vue en tenue qu'à l'époque de sa formation à l'École nationale d'administration pénitentiaire. Après une semaine passée à Agen, elle paradait pour eux dans le costume de sa nouvelle vie. Une guerrière inspectant son armée, les filles au garde-à-vous. Il était impressionné par un programme de cours, droit, tir, sécurité incendie, techniques d'intervention, positionnement face à un détenu… qui accentuait l'humiliation de ne pas avoir été admis. Elle ruisselait en lui et paralysait son désir de prendre sa femme dans ses bras. En décrochant le premier rôle, Kathy avait commencé à l'entrevoir comme un figurant. Voire une pièce du décor.

Michaël s'attache à l'odeur de café, élément familier, le seul qui survivra au passage des flics qui fouinent jusque sous les meubles, ouvrent les boîtes et dépiautent les housses des coussins. Qu'ont-ils à fouiller avec rage? Que cherchent-ils vraiment ? S'ils connaissaient Kathy, ils sauraient qu'elle laisse tout traîner : ses sweat-shirts sur le canapé, ses chaussures de course à pied dans l'entrée, les *Auto-Moto*, récupérés pour un détenu dont elle parle avec dévotion, les mobicartes qu'elle file en loucedé contre un billet, et même le Blackberry qu'il a trouvé une nuit en charge dans la cuisine. À croire qu'elle le provoque pour qu'il s'intéresse à ses petits trafics. Elle a toujours aimé la confrontation. Avec les autres. Avec lui. Au lit aussi. Elle est comme ça.

Elle sème des indices en gros plan, distille les silences lourds de sens, entretient ses doutes, puis le traite de trouillard quand il la supplie de faire attention. Il évite d'exiger des réponses et s'arrange avec ses questions. Pourquoi autant de liquide dans le porte-monnaie pour aller chez Lidl ? Comment se remplit la penderie des filles sans déshabiller leur compte bancaire ? Ce matin encore, seul devant sa tasse, il se demandait si ça valait la peine de se disputer pour quelques mobicartes et trop de billets de cinquante. Se taire est souvent la meilleure solution pour éviter les phrases cinglantes qu'elle envoie comme des jabs sur un ring. Il encaisse parce que les engueulades, les reproches et les menaces de séparation qu'elle a déjà fait pleuvoir sur lui l'éprouvent. Il ne supporterait pas une rupture. Il lui préfère l'inconfort aussi brutal que moelleux de leur quotidien.

« Ne me quitte pas ». C'est con, mais c'est ce qu'il a pensé la première fois qu'il l'a vue entrer dans le club de boxe et les trémolos de la chanson s'étaient installés telle une tumeur dans son cerveau. Il s'était trouvé bête et romantique. Il conserve, comme un K.O de bonheur, le souvenir de ses gants rouges -elle lui a assuré qu'ils étaient noirs. Ce soir-là, même le PVC verdâtre du sol brillait. Tous les gars la regardaient du coin de l'œil, cachés derrière la transpiration picotant les paupières, elle était la seule à flotter dans un short. Un peu trop grande pour une fille, maigrichonne, unique spécimen de sexe féminin de la salle. Ses premières séances s'étaient déroulées en tête-à-tête avec le sac de frappes, puis avec Seb, l'entraineur. Au bout de quelques semaines, elle était passée rageusement entre les cordes, s'était dressée devant Michaël sur le ring.

– Je te fais peur ou quoi ?

En général, on se souvient du premier slow. Un autre genre de danse à deux marque leur premier corps à

corps, un enchaînement de débutant proposé par Seb. Michaël se le rappelle encore : un jab, un jab-cross, deux jab-cross-crochet. Il se concentrait sur ses propres coups pour réduire leur puissance et l'exaltation l'embrasait jusqu'au bout des pieds qui sautillaient bien trop.
Il avait terminé le combat haletant. À la sortie du club, elle lui avait envoyé un compliment.
– On t'a dit que tu ressembles à MacGyver ?
– C'est toi qui ressembles à une héroïne.
Leur histoire avait commencé ainsi.

Des gouttes de sueur roulent entre les omoplates de Michaël, une autre perle sous le nez. Il l'enlève d'un geste brusque pour libérer ses narines de l'odeur salée, se rattraper aux effluves de la cafetière et à ce qu'il reste de leurs habitudes matinales. Pris en otage d'un spectacle qu'il refuse d'appréhender, il voudrait fermer les yeux en les plissant fort, comme le font Lisa et Jade devant une scène de torture dans *Game of Thrones*. Ils profitent, tous trois, des week-ends de garde de Kathy pour voir les séries qu'elle n'aime pas. Lui, il a toujours préféré les univers fantastiques, loin du monde réel, leurs filles aussi. Kathy les trouve trop jeunes pour regarder ça. « C'est trop violent pour elles », elle lui assène. N'importe quoi. Il ne considère pas qu'elles soient douces et gentilles les princesses d'aujourd'hui. La sienne ne l'a jamais été. C'est elle qui l'a embarqué dans ses scénarios rocambolesques, elle qui fantasmait sur MacGyver et sur Rocky ! Il n'a jamais été jaloux de ses héros. Éteindre la télé suffisait pour qu'ils disparaissent. Au début. Depuis leur départ de Bondy, ils se parlent peu. Elle le regarde moins que Netflix. Sandra de *Mafiosa*, Joséphine Karlsson d'*Engrenages*, Piper d'*Orange is the new black* et d'autres s'invitent dans leur salon, animent leurs soirées, emplissent les moments vides et réparent l'ennui. De véritables amis sur lesquels elle s'appuie. À la dérive sur sa chaise, il voudrait qu'elle compte sur lui. Est-ce cela qu'exige l'œil noir de Kathy qui l'empoigne et le caresse en même temps ?

Michaël est soulevé pour être planté à côté de sa femme, devant la bibliothèque qui crache les DVD et les jaquettes à leurs pieds. Le flic au tee-shirt Fast&Furious secoue *Rocky II.*
– Po po po ! C'est un drôle de portefeuille ça ! Y'a combien là ?
Il dénombre les billets de vingt et de cinquante rangés dans le boîtier. Michaël avait été énervé de perdre le DVD. Ils s'étaient acheté tous les épisodes jusqu'à *Rocky V* qu'ils aimaient moins. *Rocky II* était leur préféré. Le film leur rappelait leur rencontre et ils avaient conservé l'étui vide de *La revanche de Rocky*. Elle l'utilisait maintenant pour y placer l'argent dont il refusait de connaître la provenance.
– 1 700 ! Hé bé, c'est pas mal ! C'est quoi ça ?
Kathy regarde au loin, quelque part, par-dessus les murs. Le cœur tuméfié de Michaël bat trop vite. « Je te fais peur ou quoi ? » S'il se positionne en défense devant elle, est-ce qu'elle l'admirera à nouveau ?
– Oh ? Tu m'entends ? Ça vient d'où ?
Le flic gueule pour capter l'attention de Kathy.
– C'est pour un chantier… J'ai donné un coup de main. De la peinture.
Michaël, le cou dans les épaules, lui envoie une explication. Elle pourrait être valable, il en fait des gâches comme on dit dans le coin. Quand il en trouve. Ou plutôt quand il en cherche. Que peut bien avouer Kathy ? Elle lui a confié faire un peu de commerce. Il a bien vu à un moment qu'elle allait trop loin, sans savoir où.
Michaël aspire à défendre Kathy, au moins autant qu'il voudrait s'abandonner sur le canapé, fuir l'agitation de la troupe qui piétine sa vie, déjà en miette. Il évite le

regard suspicieux du flic en civil et se laisse porter vers la chambre où le reste de la meute dégonde le placard. Michaël se tient à présent face à la fenêtre. La vue sur les cyprès qui cernent la maison se brouille. « Notre coin de paradis en Provence », comme le poste Kathy sur Facebook avec un selfie pris sur la chaise longue, un gros plan de la lavande ou une photo du premier barbecue de la saison. Seb, Momo et tous les copains de Bondy likent, Michèle met un cœur. Lui, il serait bien resté là-haut, il se sentirait moins seul.

Un des flics traîne Michaël jusque devant le lit dans lequel ils ne dorment pas toujours au même moment. Celui en civil se plante face à la penderie, l'air aussi échauffé que son tee-shirt Fast&Furious. À croire qu'il cherche une tenue pour Kathy. En bas, il y a les chaussons fourrés dans lesquels elle plonge ses pieds, été comme hiver, sa récompense après une journée en rangers. Il semble vouloir noter si elle préfère les pantalons aux robes. « Les pantalons ! » Il a envie de lui crier pour que ça s'arrête. Elle les aime moulants sur ses cuisses fines et portés avec des hauts amples. Sexy, il trouve. De sa collection de leggings, le flic extrait celui aux motifs camouflage.
– Dis donc, il est joli ce pantalon ? Tu le mets souvent ?
– J'tiens pas un journal de ce que j'mets.
Kathy n'a même pas jeté un œil au cintre arraché comme une pièce exceptionnelle à l'ouverture des soldes. Michaël intercepte le sourire ultrabright de Richard Dean Anderson. Un Polaroïd dédicacé qui trône sur la table de chevet de sa femme, devant le portrait de famille pris à la naissance de Jade. Le cliché date d'octobre 2012, il avait fait la surprise à sa princesse. Il avait réussi à lui faire rencontrer l'acteur de sa série préférée, *MacGyver*, qu'elle surnommait son « chéri » quand elle avait 20 ans. Comme elle l'appelait, lui aussi, avant. Un chéri prononcé dans un murmure.

Maintenant, elle souffle ce mot doux avec un accent de lassitude, deux syllabes sèches et péremptoires.

« Le plus beau jour de sa vie ! » Elle répète toujours à propos de ce moment avec la star. Michaël avait tout prévu, du dîner dans Paris à l'emprunt d'un Polaroïd pour immortaliser l'instant et le marquer d'un autographe. Dans le petit carré, MacGyver en chair et en os est penché vers elle, la tient par les épaules, le sourire offert à l'objectif. Kathy exulte. Leurs bustes sont barrés d'un « Richard Dean Anderson » signé d'une écriture déliée. Sur le rectangle blanc du papier brillant, « For Kathy », souligné d'un trait et ponctué d'un cœur. Une ombre bleu marine assombrit la photo, posée à côté de l'oreiller sur lequel Kathy devrait dormir à cette heure. Juste dessous, la table de chevet. Sous la table, sous le réveil, sous les quelques magazines que la main d'un flic soulève, d'une seconde à l'autre, le tiroir va être ouvert.

Lui, il ne voulait pas qu'elle joue à ça.

MAFIOSA

Sandra Paoli
Qu'est-ce que t'es prêt à faire pour moi, Roméo ?

Rémi Andréani
Tout !

CHAPITRE 12

La porte est fermée au risque d'étouffer. Un ventilateur tronçonne l'air. La lumière raturée par les claires-voies se projette sur une carte de la ville. Dans la mi-ombre de la pièce, la voix de Fast&Furious plane comme un vautour au-dessus de Michaël. Le lieutenant de police prend son temps, occupe l'espace, planté là, debout, alors que Michaël dérive sur le linoléum. Le dos collé par la transpiration à la chaise, les épaules affaissées, sa tête semble s'être décrochée, retenue que par des hoquets. Ses yeux s'agitent au rythme du rock solitaire d'un danseur dont la partenaire aurait lâché la main. Il tremble pour elle, plus encore que pour lui.
– C'est bien payé les chantiers, alors ?
– Parce que c'est au noir.
– Sans blague !
– Je trouve pas de travail. C'est pour ça.
Désaccordés, les sons qui sortent de la gorge de Michaël oscillent entre le grelot et la basse dans une succession de registres intenables.
– Pour ça, quoi ?
– Que je fais des chantiers…
Fast&Furious rejoint sa chaise et se balance, les mains croisées derrière la nuque. Le mari ne sera pas coriace. Quand on chante aussi faux, le spectacle ne dure pas longtemps.
– T'as fait quoi pour 1 700 euros ?
– De la peinture, je vous dis.

Michaël s'acharne à défendre Kathy et un semblant de dignité. Va-t-elle raconter, son héroïne, qu'il ne ramenait quasiment plus d'argent ? Ils vivent sur le salaire de sa

femme, misent sur les primes et les heures supplémentaires. Il y a toujours un surveillant à remplacer. Elle pousse une gueulante et enquille douze heures d'affilée. En ajoutant les allocations, ça fait juste quand même !
C'est explosif à la maison à cause des sous qu'ils passent leur temps à compter. Michaël préférerait mettre la tension entre eux sur l'usure du quotidien avec des taulards. Tout est leur faute. Il les hait. Même les rangers sont fabriqués dans les ateliers des centres de détention. N'allez pas me dire qu'ils font des efforts pour les rendre confortables !

Ses yeux tombants confessent qu'il a déçu Kathy. Elle ne le regarde plus en héros depuis des années. Michaël sourit bêtement à Fast&Furious au souvenir de la jeune fille qui enfourchait sa mobylette et s'accrochait à son blouson. Elle lui avait répété qu'elle voulait être hôtesse de l'air, mais pas question qu'elle s'envole. Il regrette de ne pas l'avoir soutenue. Le soir, il partait surveiller les parkings vides des entrepôts et la laissait seule avec des promesses : un jour la vie sera plus facile, il aura un boulot à la hauteur de leurs rêves. Il n'y avait pas de raison que les happy ends n'arrivent que dans les films. Il va se dénoncer ! Tout est sa faute si Kathy a commencé à rapporter du liquide. Il pourrait être sa circonstance atténuante ! C'est ce qu'il se dit pour se rassurer, sans trop savoir comment s'y prendre pour la sauver.

Le corps de Michaël épouse la chaise inconfortable dans un effort vain pour se soustraire au regard perçant de Fast&Furious. La provenance de l'argent qui le gêne moins que d'être éjecté des rêves de sa princesse. De n'être pour rien dans la lueur d'excitation qui flambe dans ses yeux lorsqu'elle compte les billets sortis de son soutien-gorge, ou quand elle parle d'un détenu comme elle décrirait Pablo Escobar dans *Narcos* ou El Profesor

dans *La Casa de Papel.*
– Il te paye bien ton patron ! C'est qui ?
– Ça se fait pas de le dire…
– Allez, fais pas ton bonhomme !
– Je peux pas dire qui c'est mon patron…
Fast&Furious stoppe net le balancement de sa chaise pour brandir un sac transparent avec le Blackberry.
– C'est un patron très secret. Tellement secret qu'il t'appelle avec un PGP ?
Michaël baisse les yeux. Il avait paniqué et quand il l'avait trouvé, une nuit, en train de charger dans la cuisine. Il s'était assis sur le côté du lit en attendant que Kathy se réveille et lui explique. Ça ne sentait pas bon ce téléphone.
– C'est pour envoyer des messages cryptés. C'est inviolable.
Elle lui avait accordé une justification ensommeillée et condescendante. Avant de s'énerver. Elle ne pouvait quand même pas faire son petit commerce publiquement, non ? Il était idiot ou quoi ? Il avait fini par hurler en réponse à ses persiflages. Elle ne pouvait pas prendre autant de risques. L'avait-elle alors traité de minable ou avait-il imaginé ce dialogue nocturne ? Kathy lui avait rappelé que dans *Breaking Bad,* la vie du personnage principal devient intéressante quand il commence à vendre de la drogue. Pas lorsqu'il bosse pour que dalle.
– Bon ça suffit maintenant tu accouches ou je te mets un taquet ! Qui est-ce que tu veux protéger ? Ton patron ou ta femme ?
Michaël se remémore la lueur d'excitation dans les yeux de Kathy. Elle attise sa jalousie qui se répand, carnassière, à la vitesse d'un incendie dans les pins, jouant avec les aiguilles comme autant d'allumettes, surfant sur l'air chaud, se propageant dans tout le corps, prête à le dévaster.

Commissaire Keller
À moins qu'on trouve un terrain d'entente...

Marie-Luce Paoli
Un terrain d'entente sur quoi ?

Commissaire Keller
Sur Sandra Paoli. Vous me dites tout ce que vous savez sur elle et je range ce sac de billets au fond du tiroir où il était depuis 3 ans.
Vous avez 48 heures pour réfléchir.

CHAPITRE 13

Serpico doit être le saint patron de la maison ou celui de Fast&Furious. Sous l'affiche du film ornée du visage christique d'Al Pacino, le lieutenant Joly tient ses mains posées en prière devant sa bouche. Perdu dans ses pensées. Elles ricochent de la figurine Pokémon à son petit garçon, puis à son ex, avant de revenir vers Kathy Andrieu.

La matonne s'installe devant lui, tout au bord de la chaise chauffée par son mari, penchée en avant, les pieds en appui sur un ring imaginaire. L'habitude d'être sur le qui-vive, prête à passer à l'action, à saisir le Motorola ou le trousseau de clés à sa ceinture. Il la voit porter sa main à sa taille avant de la poser, décontenancée, sur ses cuisses. Pas encore un geste de défaite, juste de surprise. Kathy tient. Fast&Furious l'assigne du regard à sa chaise et invite son collègue à baisser le store pour étouffer un rayon de soleil. Au fond, en étau entre le placard et la porte, la commis d'office semble sous tension, elle doit en avoir plein le dos de mariner depuis ce matin, sans explication sur la perquis' et l'interrogatoire de Michaël Andrieu.

– Donc, c'est ton mari qui ramène des billets à la maison…

C'est une question ? Une exclamation ? Michaël ramène des billets un point c'est tout ? Une affirmation ou des points de suspension, une suite de non-dits, de sous-entendus ? Une profonde inspiration de l'avocate signale à Kathy qu'elle a le droit de se taire. Elle se met à l'écoute de la respiration de la commis d'office, dont elle n'imprime toujours pas le nom. Son souffle court tambourine dans son dos. Elle peut compter sur elle ou

pas ? Est-elle sa seule chance, vu le bourbier dans lequel elle s'est fourrée ?
– C'est pour te faire des cadeaux cet argent ?
– …
– Ou des cadeaux aux enfants ?
Non pas ça ! Il va pas s'en prendre aux enfants ! Elle pense. Il faut les laisser en dehors de tout ça. Epargner Jade qui doit être en train de peiner au collège. Elle déteste les profs, les cours et la lenteur des journées qui grignote ses tentatives de concentration. Jade doit lutter, en ce moment même. Sa cadette a sa persévérance. Kathy doit tenir elle aussi. Comme sa fille. Lisa est plus indolente et se lève le lundi matin en se réjouissant de terminer tôt. Kathy frémit en pensant à l'emploi du temps de la lycéenne. Elle finit à 15 h. Bientôt ? Elle va rentrer dans une maison violée, les boîtes de céréales vomies sur la table, le paquet de brioches fourrées épars sur le plan de travail. Les volets fermés auront empêché le salon d'être inondé de lumière. La main de Kathy se perd dans un réflexe, un mouvement inutile vers le ceinturon devenu imaginaire.
– Ou alors, c'est toi qui rapportes ces billets !
Kathy essuie ses paumes sur son treillis. Elle ne sera pas libre pour le goûter. Il ne reste plus que Michaël. Il doit être libéré pour s'occuper des filles. Peut-elle seulement lui faire confiance pour réfléchir à ce qui est le plus malin de faire ? L'a-t-il balancée ? Elle le mériterait à force de lui rentrer dans le lard, de le secouer, de lui faire mal. Le constat la transperce. Pardon. Elle pense. Pardon Michaël.
Elle lui en a voulu de ne rien comprendre à la pénitentiaire. Il n'a rien vu de la difficulté de tenir chaque minute, de garder des hommes de l'autre côté des barreaux, de supporter leur colère, d'être celle qui obéit aux règles face à ceux qui les enfreignent. Elle ne lui raconte plus ses journées. Le soir, il lit la fatigue sur les traits de son visage dépoli par les heures passées

sous les néons, et la lumière tamisée par les grillages ou par les serviettes de toilette qui servent de rideaux aux fenêtres des cellules. Il évalue, à l'aune de la rougeur de ses pieds anguleux, le nombre de pas, la succession de portes qu'elle a dû caler avec sa ranger. Il sait que le tressautement anxieux de ses genoux est le reflux des tensions d'un corps tenu en alerte pendant les circulations des détenus ou quand leur nervosité monte. Michaël ne peut appréhender la misère crasse qui habite ses journées, les odeurs de moisis, de sueur et de cendre froide, la violence larvée à laquelle elle ne doit jamais tourner le dos. Il n'a pas mesuré qu'elle partage moins de temps avec lui qu'avec des voyous qui, pour la plupart, sont enfermés parce qu'ils ont voulu s'échapper de leur vie, faire le mur de leur quotidien et se soustraire aux règles. Là-bas, elle nie jusqu'à son prénom, pour ne s'appeler plus que «surveillante» devant les détenus. Michaël n'a pas réalisé que la prison est devenue la norme pour sa femme. Il est trop tard pour lui expliquer.
L'admiration naïve qu'il lui porte l'oppresse, un sirop écœurant qui englue Michaël dans leur maison, le scelle au canapé et colle aux basques de Kathy. Il la voit toujours comme sa princesse, alors qu'elle a pris la poudre d'escampette. Elle s'est barrée du conte de fée qu'ils voulaient se raconter en s'installant dans un pays de cocagne. Pour décrocher un rôle de premier plan, elle a tenté de se greffer à une autre histoire, de changer le scénario. Elle a vibré sous le regard du Kabyle au rythme intense de ses mots, libérée du ronron de son quotidien. Elle s'est sentie exister le jour où il lui a demandé un premier service. Elle est devenue importante quand il lui a proposé de remonter des informations. Avec lui, la vie est exaltante. Elle s'est mise à côtoyer des types qui ressemblaient à ceux de *Mafiosa,* portent des blousons aviateurs, roulent en SUV et se retrouvent le soir sur les chemins caillouteux le

visage caché de la lumière de la lune. Elle a consenti à se laisser manipuler, parce qu'elle cédait à la tension trouble du Kabyle dès qu'elle entrait dans la cellule. Elle y pénétrait plus que ce que le règlement autorise pour un service, pour mendier son admiration.
Elle s'est vue jouer la Mafiosa du mitard, la Soprano de la taule.

Sous le feu des questions de Fast&Furious, l'héroïne qu'elle a cru devenir se prend les pieds dans la réalité. Elle n'est plus qu'une figurante dans un film de mafieux, une petite main passant devant la caméra. Pas même le temps d'attraper la lumière. Elle n'est qu'un rouage dans une machine qui la dépasse. Elle ne saurait pas quoi balancer. Le Kabyle ne lui a pas livré grand-chose, des informations parcellaires à transmettre à l'extérieur et des messages qu'elle lui rapportait.

Elle n'est pas la méchante de l'histoire. Elle peut le jurer. Elle est bien placée pour constater que dans la vie il n'y a pas les méchants d'un côté et les gentils de l'autre. Dans les bonnes séries, ce n'est pas aussi manichéen que ce que croient les gens. Avouer ne sert à rien pour sauver sa peau tant qu'elle ne sait pas ce qu'ils ont sur elle. Et puis, elle n'est pas une poucave. Elle dira que dalle sur le Kabyle.

Fast&Furious s'agite face au silence buté de la matonne. Il secoue devant son nez le sac en plastique dans lequel se met à danser le Blackberry.

– C'est quand même pas le patron de ton mari qui l'appelle avec un PGP ? Où tu l'as eu ce putain de PGP ?
Il faut lâcher quelque chose. Evacuer Michaël d'ici. Le libérer du merdier dans lequel elle les a fichus. Sauver ses enfants. Le seul héroïsme qui vaille maintenant c'est de préserver les siens. Une seule tactique est tenable à ce moment du combat : mettre K.O son homme. Protéger Michaël signifie balancer le pauvre type pour ne pas en faire un protagoniste de cette affaire.

Elle lance l'os à ronger à Fast&Furious. Elle déroule par le menu comment elle a propulsé sa famille dans la lumière provençale. Elle est l'unique responsable. C'est elle, raconte-t-elle, qui a pris l'initiative de partir de Bondy. C'est sa conquête de l'Ouest. Comme pour les Ingalls ! Elle a épargné à ses enfants de survivre dans des barres grises. Elle a sorti Michaël de la paralysie de l'univers riquiqui du club de boxe, des petits boulots, des appartements aux pièces étroites et sans respiration. Elle les a extirpés de ce trou. Tout ça, c'est grâce à elle. La vie au soleil. La mer pas loin. Elle a réussi à leur offrir une maison protégée par des cyprès, le jardin frappé par la lumière qui les aveugle.

De quoi peut-il être capable son mari ? Il n'est pas l'homme qu'elle avait imaginé. Kathy leur déballe l'ennui et le cours de sa vie de couple qui s'effiloche. Elle leur lâche les cheveux blonds dans le cou de Michaël qui se font aussi disparates que sa ressemblance avec MacGyver ; son allure de gros bras qui se déballonne ; le M accolé au K tatoué sur l'épaule de Michaël emprisonné dans un grand cœur qui vire au vert. Pour le sien -le même M joint au K- elle en avait choisi des petits qui flottent autour, toujours prêts à s'envoler. Elle ne lui fait confiance que pour s'occuper de leurs filles. Juste ça. Elle ne lui accorde plus que cette place.

Est-ce qu'elle l'aime encore ? Ils se disputent tout le temps. Combien de fois, a-t-elle voulu le quitter d'ailleurs ? Il ne travaille presque plus. Il gère les enfants. La maison. Et encore pas bien. Elle jette en pâture un brave gars, une logorrhée crachée à la gueule des flics. Elle en fait sa victime pour lui épargner d'être son complice. Elle le lynche pour le sauver. Elle se dénonce de s'être vengée de sa médiocrité. Un crime passionnel en quelque sorte.

Fast&Furious interrompt le monologue de Kathy.

– Je récapitule : ton mari n'a plus la coupe de

MacGyver et ne s'intéresse pas à tes petites affaires. Captivant !
– Il ne sait rien. De toute façon, il voudrait rien savoir…
– Ok. Ben, moi, c'est l'inspecteur Derick. T'arrêtes tes conneries maintenant !

Kathy ignore si Michaël a maintenu sa version ridicule et suicidaire des chantiers au noir, s'il a avoué ne pas trop se poser de questions sur le liquide qu'elle ramenait. Elle est entrée dans le jeu du Kabyle pour s'enivrer et payer le crédit de la maison. Et surtout pour ne pas regarder la réalité en face : sa vie de merde a juste été transposée au soleil. L'A7 a remplacé l'A3. Elle a troqué le voisinage du Darty et du Conforama en bordure de Bondy pour le Carrefour et le Boulanger de la Nationale 113. Finalement, son existence semble ne pouvoir se dérouler que sur un bas-côté, entre deux voies rapides, entre deux zones commerciales.

Fast&Furious passe sa main sur son crâne. Il en a vu des allumés. Celle-ci, elle gagne le pompon. Il contracte davantage les mâchoires, il lui faut des résultats rapides.
– Et toi alors ? Pourquoi t'as un PGP ?
– J'me faisais chier chez moi.

MAFIOSA

Rémi Andréani
Tu as vu comme je les ai enflés !

Jean-Michel Paoli
Oh, tu comptais aller loin comme ça !

CHAPITRE 14

Du recoin, entre la porte et un meuble de rangement, Laure perçoit le dessin de la colonne vertébrale de Kathy s'épaissir de trouille. Elle n'est qu'une spectatrice interloquée par la pièce qui se joue sous ses yeux. L'avocate tente de cerner le personnage qui se débat devant elle, cite *La petite maison dans la prairie* pour parler de sa famille, *MacGyver* pour évoquer son mari, s'enferre dans des scénarios dont elle se veut l'héroïne. Il manque les pop-corn ou un avis médical.

Expertise psychiatrique, note-t-elle dans son carnet. *Projette dans sa vie des éléments de feuilletons télé. Retrouver article sur stimulation par les réseaux sociaux des mêmes zones du cerveau que la cocaïne. Effet identique pour les séries ?*

L'usage des écrans doit générer des pathologies. À savoir lesquelles ! Laure n'est accro à rien. Elle a fui l'opium télévisuel et se refuse à fréquenter les réseaux. S'y exposer ? Inimaginable. La façon dont Séverine passe sa vie au filtre d'Instagram lui est insupportable. Son amie ne pense plus qu'à figer les moments. Elle publie les instants heureux -un bonheur accessible à travers des petits cœurs-, poste des selfies aux traits lissés, photographie des mises en scène artistiques dans une lumière poudrée. Sans parler des bons sentiments. Elle a un talent évident pour sentir les mouvements instagramables et montrer qu'elle est de ces gens à la bienveillance irréprochable, au profil sensible aux méchancetés du monde. Elle est toujours parmi les premières à clamer Je suis Charlie ou Samuel, à réagir sur le chiffre rond des féminicides annuels, à signer #Blackmatters, à chanter les louanges d'une

personnalité consensuelle #RIP, avant d'envoyer un nouveau cliché à fort potentiel de commentaires.
Non, non, surtout pas. Laure n'ira jamais se mettre ainsi en scène. Elle sait bien mieux que Séverine, combien il est épuisant de tenir un rôle.
Quel rôle joue Kathy ?
Joue-t-on un rôle quand on veut se transformer ?
Et moi ? Aussi coupable que Kathy ?

Fascination et répulsion viennent lutter au bout des doigts tremblants de Laure. Elle noue ses mains à son carnet pour ne pas les laisser trahir son agitation intérieure. Le ventilateur lui balance les émanations de culpabilité que transpire la surveillante. Jusqu'à l'écœurement. Elle s'efforce de se concentrer pour cerner une réalité encore floue. À l'évidence, Kathy n'a pas tout raconté. Tout cela va au-delà des petits trafics avoués durant les trente minutes d'entretien. Dès qu'elle aura un moment de pause, elle se renseignera sur le cryptage des messages avec un PGP.
– Donc, tu te fais chier… Comment tu t'occupes alors ? En matant *Rocky* ? En passant des coups de fil ?
Le lieutenant balance dans chacune de ses grosses paluches un sachet transparent. Le boîtier du DVD avec ses billets. Le téléphone PGP. Le trait de sueur s'élargit encore sous la nuque de Kathy penchée du côté de la jaquette de *Rocky II*. La surveillante désigne ce sur quoi elle est prête à lâcher.
– J'ai fait ça par sympathie, faut être humain.
– Ah, en fait t'es une gentille, c'est ça ?
– Je fais passer un peu de shit. Ça calme la détention.
– Combien ?
– J'sais pas… J'ai juste aidé des voyous qu'en avaient besoin.
– C'est quoi le tarif, mère Teresa ?
– 100 euros la savonnette.
– T'as passé quoi d'autre ?
– Un portable… Peut-être deux.

– C'est combien de faire entrer un portable ?
– 250. Y'en a qu'on aucune visite. C'est dur de parler à personne.
Nouvelles secousses de la jaquette dans son sac plastique. Fast&Furious a décidé de foutre une raclée à *Rocky II*.
– 1 700 €, ça fait plus que deux portables et une savonnette de shit ? Non ? T'en penses quoi ?
– On a tous des problèmes d'argent, vous savez comment ça se passe…
Le lieutenant Joly s'adosse à sa chaise, surjoue un rire à gorge déployée en direction de l'adjoint qui semble tenir la fenêtre, cachant la lumière du début d'après-midi.
– T'as pas un peu de shit à aller vendre en zone de garde à vue pour qu'on se paye un resto ?
Personne n'attend de réponse. La main de Fast&Furious s'abat sur le bureau avant de rattraper la figurine Pokémon avec une tendresse bourrue.
– Le code de déontologie du service public pénitentiaire, ça te dit quelque chose ? Tu l'as lu ?
– En diagonale.
Le trait de transpiration autour de la colonne s'affaisse avec le dos de Kathy. Elle ne parlera plus. Elle n'a pas menti. Elle a déballé la même chose qu'à Laure, des délits sans prétention, un léger glissement dans la relation avec les détenus. Presque une œuvre caritative. Elle ne doit pas en dire plus.
Le Blackberry s'agite dans le sac transparent ! Un hameçon qui joue dans le repli d'une vague prête à engloutir Kathy. Sa tête chancelle, elle happe de l'oxygène, prend des forces pour tenir un nouveau round. Le PGP se déplace dans l'air. Elle est essoufflée d'avoir trop répété sa garde de boxeuse. Fast&Furious pressent l'épuisement et fait trembler le sachet. Une invitation à déclarer forfait qu'elle ne saisit pas. Elle pourrait trouver quelques mots à dire sur ce téléphone,

se retenir à lui quelques minutes, ne pas user l'énergie qui lui reste à frapper dans le vide comme à la recherche du mouvement juste.

Soutenu par Serpico et par son adjoint, venu se camper à côté de Kathy, le petit jeu du lieutenant Joly donne à penser à Laure qu'elle doit s'attendre au pire pour sa cliente. « Ma cliente ». Elle se répète, étonnée, « ma cliente ». Elle se rêve se saisissant de cette affaire exceptionnelle, avant de se laisse submerger par la hantise de ne pas y arriver. Trouver la force. Ce n'est pas de ses capacités professionnelles dont elle doute -elle sait dompter l'angoisse de ne pas être à la hauteur-, elle craint les craquements du costume qui la corsète et l'emballement de ses émotions au rythme des souvenirs exhumés.

Fast&Furious et son adjoint cognent chacun à leur tour. La sueur souille maintenant l'intégralité du polo de Kathy. Elle n'a même plus peur pour elle. Mais pour sa famille. Il est trop tard pour les épargner. « Le mal est fait ». Elle se dit les yeux écarquillés d'effroi. Fast&Furious interroge du regard le téléphone. Les deux OPJ enchaînent les coups :

– On va pas rester dix piges là-dessus ! gueule Fast&Furious.

– Un téléphone, même crypté, ça cause, envoie l'adjoint.

– Tu crois qu'on sait pas ce qu'il a dedans ? décoche Joly.

Qu'est-ce qu'il peut raconter le Blackberry ? Les messages vont-ils être déchiffrés ? Les siens. Ceux des autres. Kathy en serait presque soulagée, au moins, ils sauraient que Michaël n'est pas dans le coup. Les droites des deux flics s'emballent sans que Kathy puisse les esquiver. En boxe, il faut projeter sa peur sur l'adversaire pour l'impressionner. Elle n'y arrive pas. Sur un ring, l'odeur de l'effort l'enivre, pas ici.

Laure est grisée par le frémissement brûlant qui

monte le long de ses reins. Elle n'a pas senti, depuis bien longtemps, surgir en elle une pulsion de vie. Dans un enchainement véloce, le désir d'en découdre, elle aussi, vient cogner contre ses incertitudes, ses désillusions et l'accablement de ne jamais être à sa place. La commis d'office n'a plus qu'une idée en tête : devenir l'avocate de la femme dont elle ne voit que les mèches noires prostrées.

Le suintement ne dessine plus la colonne vertébrale de Kathy, la tache opaque a avalé toutes les fibres du polo. Elle tient à peine droite sur sa chaise. Cachée sous sa veste cintrée, la transpiration salit la blouse de Laure. Le monde de Kathy va s'effondrer. Une question de minutes. D'heures tout au plus. L'idée que le sien disparaisse aussi précipite l'avocate dans la panique. Kathy ne peut pas devenir sa cliente sans dommages collatéraux.

– Je vous demande de suspendre l'audition, rugit Laure en se redressant. Elle doit laisser Kathy reprendre son souffle, retrouver le sien et réfléchir.

– Ça, c'est moi qui en décide, Maître !

La voix de Joly se fait péremptoire et ironique, pour stopper net un petit jeu d'avocat. Il n'a pas envie qu'on l'emmerde avec la procédure. Un commis d'office n'a pas le droit d'intervenir.

– Elle n'est plus en état de poursuivre.

– Ça va dans son boulot, elle en a vu d'autres non ?

– Madame Andrieu, souhaitez-vous faire une pause ?

Les rangers s'ancrent au sol. Le dos rageur ignore Laure. Kathy parvient à se remettre en garde, les mains croisées devant son visage dans un geste d'enfant auquel la vie a donné trop de coups.

Elle recouvre ses esprits. Pas pour longtemps.

– L'assassinat de Marignane, ça ne te dit rien ?

MAFIOSA

Rémi Andréani
Tu m'as donné sale pute !

Jean-Michel Paoli
Parle bien ! Personne t'a donné. Le GPS tu connais ?

CHAPITRE 15

Le cadavre de Marignane flotte entre le lieutenant Joly et Kathy. Une vague taciturne engloutit le bureau et le commissariat tout entier s'est tu. Seul le grésillement d'une radio, souligné par les exclamations des collègues, émerge de la pièce voisine. Sans même répondre à l'avocate, il décide de laisser mariner la matonne. La dernière question l'a sonnée. Une pichenette suffira au prochain interrogatoire pour qu'elle se déballonne. Il en est convaincu.

Et puis les copains l'emmerdent à monter le son du transistor en pleine après-midi ! Mercredi, ils sont restés branchés sur France Bleu Provence pour commenter la démission de Maryse Joissains et se lâcher sur les casseroles que traîne la maire d'Aix. C'est quoi le programme aujourd'hui ?

– On te ramène en bas, lance-t-il en se levant et en désignant son collègue.

« On perd le dernier héros du cinéma français qui a fait rêver des milliers de gens, on perd une antistar, on perd celui dont on a suivi toutes les aventures, toutes les cascades. Jouer c'est sans doute le mot qui lui allait le mieux ».

La voix d'une journaliste, butant sur une information qui vient de tomber, emportée par le lyrisme, ondule jusqu'à Kathy entourée des deux flics et serrée de près par Laure. Ils sont une dizaine, en bleu ou en civil, à se presser, entre la radio et la machine à café, un élan de communion, dans le bureau d'à côté.

– Qu'est-ce qui se passe encore ? s'enquiert Joly avec lassitude.

– C'est Belmondo... Il est mort !
Des exclamations émergent, répondent, éludent pour se concentrer sur le poste.
– Belmondo ? s'écrient d'une voix égale Kathy et Laure.

Elles forment, tout à coup, un duo, aigu et flûté, interrogeant les émanations de testostérone. Un des bleus se retourne agacé pour leur signifier d'un geste de les laisser écouter.

Il y a des moments comme ça, liturgiques, où le monde s'arrête, sur un coup de frein brutal, les oreilles tendues pour assimiler une annonce, les regards échangés pour s'assurer que nous sommes tous semblables, unis par les mêmes souvenirs. Vous et moi. Les rétines projettent les mêmes images : un type debout sur une rame de métro, un gars suspendu à un hélicoptère ou encore un bonhomme en blouson qui joue des poings. On se tape dans le dos pour partager un émoi pudique. On l'aime tous Bébel !
– Tu te rappelles, du *Marginal ?*
– Moi, c'est *Le Professionnel* que j'adore !
Même Fast&Furious secoue une tête affligée parce qu'il est des leurs. *Peur sur la ville* ça l'a marqué quand il était minot !

C'est au *Magnifique* que pense Laure, stoppée dans son élan, se cognant contre Kathy et l'adjoint qui lui tient le bras. Elle avait adoré ! Belmondo dans le rôle de l'auteur qui rêve sa vie en écrivant des romans de gare et existe à travers son personnage, un agent secret aussi exubérant que lui est timide. Un sourire songeur lui échappe dans lequel Kathy la rejoint.
– Vous aimiez ses films ?
La question surgit en même temps qu'une larme idiote au coin de l'œil. Alors que l'adjoint desserre son étau en étirant son cou vers la radio, Laure enfreint la règle et interroge Kathy. Elle lance le sujet comme un yo-yo par les fenêtres de la prison. Elles ont quelque chose à se

transmettre. Maintenant. Une émotion. Un signe de reconnaissance. Le désir de se faire la belle ou de laisser tomber les masques.

– *Le Magnifique*... mon père était parti avec toutes les cassettes de ses films ! s'étrangle Kathy.

Laure pose sa main dans le dos de la surveillante. La chaleur humide pénètre sa paume. Un point de contact brûlant. Intense.

– C'est mon film préféré aussi *Le Magnifique* !

Laure brave les interdits. Celui d'échanger à mi-voix avec une gardée à vue. Celui d'avouer un goût bien trop populaire.

– Surtout la scène où il fait péter les plombs à Bob Saint-Clar, chuchote Kathy reconnaissante de s'évader l'espace de quelques secondes.

– L'écrivain tue son personnage pour s'en libérer...

Chacune sait, deux complices pressentant la fin d'une longue cavale, sans issue. Kathy Andrieu a voulu rendre sa vie rocambolesque comme un film avec Jean-Paul Belmondo. Mais elle arrive au bout, abandonnée par le désir même d'habiter le rôle qu'elle a tenté de tenir. Elle n'est pas *Mafiosa.* En a-t-elle eu vraiment envie ? Coincée aussi Laure ! Empêtrée dans le scénario qu'elle a souhaité écrire.

– Comment il s'en sortirait Belmondo ? dégaine Kathy.

Fast&Furious se ressaisit, pousse son adjoint pour éloigner la surveillante et coupe net le rapprochement entre l'avocate et la femme menottée. Le cadavre de Marignane, dont Laure ne sait rien, les réunit ici. Celui, encore chaud, de Belmondo leur révèle un point commun acceptable, une ligne de fuite et la possibilité de redistribuer les rôles.

LA PETITE MAISON DANS LA PRAIRIE

Monsieur Oleson
Vous pouvez croire que nous sommes des idiots.
Mais des idiots qui se serrent les coudes.
Et nous irons nous battre devant les juges
jusqu'au bout de nos forces.

CHAPITRE 16

La soie est traitre ! Tout le long de la journée, une chaleur épaisse a maculé d'auréoles salées la blouse de Laure. Son trouble face à Kathy a aussi creusé le tissu de sillons bistre dans les reins. Lors de son bref passage au cabinet, Laure rageait de ne pas avoir approvisionné en chemisiers le placard dans lequel elle dispose toujours d'une brosse à dents, de fond de teint, d'une paire de ballerines quand les talons la font souffrir et de quelques vêtements, pour se mettre au diapason de ses interlocuteurs. Comment a-t-elle pu oublier ! L'uniforme qui la protège est devenu aussi douteux que celui de Kathy.

Elle avait fait un saut dans leurs bureaux, juste pour se changer, pas pour le dossier Girard dont elle n'a rien à faire. Elle n'en éprouve aucune culpabilité. Elle était restée, un long moment, prostrée, à sa table, les yeux prisonniers de la toile noire de sa robe, suspendue comme un trophée au porte-manteau perroquet. Elle fait partie du décorum qui rassure les clients, tout comme la lithographie de Daumier accrochée derrière elle.

Après avoir prêté serment à la cour d'appel d'Aix, chacun de ses camarades de promotion avait reçu un cadeau de sa famille comme le veut la tradition. De quoi aurait-elle eu l'air si elle n'en avait pas eu ? Elle s'était elle-même offert une reproduction de la série Gens de justice. Le tragique de cette caricature du XIXe siècle lui avait sauté aux yeux en rentrant de l'interrogatoire de Kathy. Tout comme sa tenue d'avocat, une tache d'encre sur le mur. Combien de hamburgers avait-elle vendus près du Vieux-Port pour se payer ce symbole de l'égalité dans lequel elle espérait se draper, se confondre avec les autres et camoufler d'où elle venait ? Rue de la Tour, à quelques pas du fast-food où elle trimait durant ses études, elle avait demandé pour sa robe une matière noble et une doublure personnalisée sur laquelle étaient brodées ses initiales : LG. Elle était toujours là, oubliée sur un cintre, utilisée pour les quelques plaidoiries au tribunal de commerce. Loin des cours d'assises et de ses fantasmagories de jeune fille. En sortant du commissariat, se retrouver dans son bureau l'avait d'abord rassurée. Dossiers rangés au cordeau, odeur de poussière de la bibliothèque, exposition de photos choisies, Philippe et leurs enfants, des clichés avec des notables ou des collaborateurs du cabinet. Tout est posé à sa place. Depuis des années. Elle trône sclérosée au milieu.

De retour chez elle, après une journée qui lui semble avoir contenu une vie, Laure se libère de la veste de tailleur qu'elle n'a pas ôtée. Elle préfère endurer la chaleur plutôt que de dévoiler les auréoles sous ses aisselles. Elle ne supporte pas d'être négligée. Sous une cascade d'eau, son esprit quête une échappatoire dans les éclats de couleurs du mur en terrazzo. Elle se frotte avec vigueur pourchassant l'odeur âpre de ces dernières heures, l'image des cheveux filasses recroquevillés en paquets de mèches humides dans le dos de Kathy. Mais le générique de *La petite maison dans la prairie* ne dévale pas son corps dans les bulles de savon pour disparaître dans la bonde, pas plus que les scories de la journée chassées à coups de gant de crin. La musique riante et ensoleillée colle à son cerveau en une persistance symphonique.

Combien de fois a-t-elle regardé chacun des épisodes du feuilleton, alanguie sur le canapé, la tête posée sur les cuisses de sa grand-mère ? De l'embonpoint douillet de Maria émanaient les souvenirs silencieux de ce qui avait été pour elle la maison du bonheur. Celle d'une enfance de l'autre côté des Pyrénées, un bâtiment rude dans une rue fraîche et étroite. Laure n'imaginait pas, à l'époque, que cela put être autre chose qu'un chalet dans une immense prairie fleurie. Si cette maison existait à Marseille, elle devait ressembler à une des villas laiteuses, sur les hauteurs du Roucas-Blanc, qu'on devine du bus 83 ou un des cabanons observés, de loin, le dimanche quand elles pique-niquaient dans les calanques.

Elle a beau frotter son corps, sniffer le parfum du gel douche, s'hypnotiser avec les couleurs mouchetées du mur, la sautillante mélancolie du générique fait de la résistance. En s'habillant d'une tunique en lin, elle ôte le souvenir de la robe-tablier de Maria. Une blouse avec de grandes poches amincissantes -promesse du catalogue Daxon où elle l'avait commandée- et des hortensias bleus sur une composition en coton et polyester.

Le miroir de la salle de bain renvoie à Laure les traits d'une femme éteinte troublés par un kaléidoscope d'écrans de télévision, de séquences, de génériques et les idoles de son enfance. C'est mercredi, *Candy* croise *Goldorak* au catéchisme de l'après-midi. Il est 13 h 40, les Abbott et les Newman, quelque part aux États-Unis, se déchirent sous les yeux de Maria. Le matériel de couture attend la fin du rituel, figé devant les divinités, monstres et héros des *Feux de l'amour*. On est lundi, le collège se retrouve entre les buildings de *Dallas*, commente le dernier duel Bobby-JR, rêve de dollars, les filles fantasment sur le brushing blond de Lucie Ewing et les garçons sur son tour de poitrine. Les samedis soir, les lumières de *Champs-Élysées* éclairent la grand-messe des familles et des adolescents cloitrés chez eux. Alors qu'une autre jeunesse, dont on jalouse la liberté, vire à mobylette dans le quartier et pousse jusqu'à la corniche sans imaginer faire autre chose que revenir. Sa mère et sa grand-mère adoraient Michel Drucker et Laure a fini par se lier d'amitié avec lui. Parce qu'il invitait Kim Wilde, Phil Collins ou Céline Dion entre Thierry Le Luron et Michèle Torr. Laure voudrait trouver la télécommande et éteindre le tsunami d'images.

– C'est quoi, toi, ta madeleine de Proust ?
Séverine a toujours aimé poser des questions pour pouvoir elle-même y répondre. Entre deux cours à la Fac de Droit, elles s'étaient étendues sur les marches qui coupent en deux le parc Jourdan. Séverine avait interrogé Laure la tête appuyée sur les genoux de son amie. Elle avait senti la fraicheur de la pierre contre ses fesses la refroidir tout entière.
– Je ne sais pas… et toi ?
Elle avait pris l'habitude de renvoyer la balle à Séverine d'un ton traînant.
– Moi, c'est quand ma grand-mère m'accompagnait à ma leçon de piano. Elle m'emmenait à la pâtisserie Béchard. Je choisissais toujours l'éclair au chocolat. Et toi, alors ?
Les yeux dans la mousse noirâtre et les failles sombres de la pierre, Laure s'était noyée dans une immensité de souvenirs, le sourire énigmatique, l'esprit en quête de quelque chose qui brille. Pas une affabulation. Non ! Elle ne mentait jamais, un accord tacite avec elle-même. Elle cherchait un lieu sur la cartographie de son existence qui raconterait un moment émouvant, mais qui ne livre rien d'elle. Une demi-confession qui lui offre la chaleur d'un manteau enfilé alors qu'on est transi de froid. Pas les pauvres bonheurs qui lui venaient en tête : les heures flottantes, celles de l'enchantement de la télé, où elle se sentait protégée par le confort douillet du corps de Maria contre le sien. Elle ne voulait pas partager cette madeleine avec Séverine. Elle avait préféré aux instants moelleux au goût de pain

perdu et de vapeur de repassage lui raconter le piquant du sel qui annihile toutes les saveurs.
— Un rocher plat sur lequel je m'allongeais face à la mer. Au-dessus, « Un ciel bleu comme une chaîne »...
Avec son emphase ridicule, le caillou blanc de Laure était aussi boursoufflé qu'un gâteau d'enfance et la vue sur la Méditerranée ripolinée dévoilait un horizon qui aurait pu être le même partout.

Laure tente de chasser les écrans qui se superposent à son reflet dans le miroir, aplatit avec sa brosse et une rage trop contenue ses cheveux. Ces images la harcèlent. Tous les personnages, êtres de chair ou de fiction de son enfance la martyrisent et lui coupent le souffle. Depuis sa rencontre avec Kathy, chaque minute l'oppresse davantage que la précédente. Ce soir, un mince filet d'air lui permet encore de respirer. La circulation du sang doit être au ralenti, des picotements viennent prévenir ses mains accrochées à sa brosse à cheveux. Doit-elle consulter ? Doit-elle écouter son corps se plaindre ? Ce n'est pas dans ses habitudes. Elle pense au silence qui a suivi l'AVC de sa grand-mère. Laure n'avait plus entendu sa voix rauque où l'accent espagnol roulait dans les intonations du quartier, le chœur des gens qui devaient être de passage et se confrontaient aux modulations marseillaises. Juifs, Indochinois, Arabes, prisonniers, déportés, réfugiés, logés dans des camps de transit, accueillis dans des abris provisoires, installés dans les cités d'urgence. Quand on est de la Cayolle, on est de nulle part. Laure avait une dizaine d'années quand le bidonville, les baraquements, les préfabriqués aux façades rouges avaient été détruits. Ceux qui étaient restés avaient définitivement échoué ici. Il fallait couper les liens pour ne pas y être assignée.

Elle avait patiemment effacé la langue de la Cayolle au moment où Maria déchiffrait, ses manuels de seconde générale, avec la foi naïve qu'elle pourrait aider sa petite fille à apprendre. Éblouie par le français châtié et le phrasé théâtral de Madame Granger, Laure avait entamé une collection de mots. Dans un carnet, elle notait un vocabulaire nouveau et improbable, ajoutait leur définition d'une écriture appliquée.

Les pages ressemblaient à un bouquet mal assorti. « Jouvenceau » croisait « Ontologique ». « Scorie » suivait « opprobre ». Certains noms communs étaient laids, mais elle en adorait la signification. Ainsi, elle manipulait « truisme » sans précaution, le plus souvent pour qualifier les échanges de sa grand-mère avec ses voisines. « Apophtegme » était pire, difforme, gonflé de prétention. « Métalepse » avait plus d'élégance. Mais à quel moment l'utiliser ? Elle n'entassait pas les mots, comme Marcel, l'ami de sa mère, les cartes postales qu'il rangeait avec ses rêves de voyages dans une boîte en fer. Laure, elle, assimilait chaque pièce de sa collection, tâtonnait dans leur emploi et les goûtait tartinée sur de longs énoncés. Au début, cela ressemblait à des circonvolutions à l'allure aussi artificielle qu'une cagole sur le Vieux-Port.

En Terminale, ils avaient commencé à trouver leur place. L'apprentissage du théâtre, cette année-là, avec Madame Granger n'y était pas étranger. Laure avait ajouté des pauses au milieu des phrases. Les professeurs louaient ses propos lents et réfléchis alors qu'ils n'étaient que ponctués d'ornières durant lesquels Laure cherchait des repères. Elle avait compris que la suite de sa vie se jouait au lycée. Ni ailleurs ni plus tard. Maintenant. À 16 ou 17 ans. Après, elle serait broyée dans l'engrenage. Pour Anita, à cet âge, tout était plié. Quand on porte à l'adolescence un enfant sans père, on renonce à l'espoir de partir au-delà des calanques. La madeleine que Laure avait dépeinte à Séverine était cette barrière rocheuse plombant la Méditerranée, le ciel au bleu mêlé à celui de la mer, compact et sans horizon.

Elle n'avait pas menti sur son passé. « Le ciel est bleu comme une chaîne ». Elle avait glissé son absence de perspective en citant Apollinaire tournant en rond dans la cour de la prison de la Santé. Elle n'avait pas su le réciter parfaitement, mais elle avait impressionné Séverine. C'était énorme !

La voix de sa grand-mère lui manque ce soir. Elle en a les larmes aux yeux. C'est idiot. Maria s'est-elle tue parce qu'elles ne parlaient plus la même langue, celle de la Cayolle ? Les échanges avec sa famille s'étaient dilatés, échauffés par le tiraillement entre deux univers. Ils s'étaient étirés comme les allées et venues de Laure entre Aix et Marseille. Elle prenait le bus près de la gare Saint-Charles. Une bouffée de honte l'envahissait en passant sous les fenêtres noirâtres de la porte d'Aix dans laquelle se jetait l'A7. Les ponts tagués s'enchaînaient, sur l'un d'eux l'inscription « Le Christ est mort pour nos péchés », la glaçait de culpabilité. Quelques kilomètres après avoir laissé l'Hôpital Nord, l'autoroute longeait la zone industrielle et commerciale, Laure sortait sa trousse à maquillage. Alors que sous le fard ses imperfections disparaissaient, les tâches ocre des maisons affleuraient derrière les pins courbés par le mistral. Enfin apparaissaient le musée Vasarely et, au loin, la Sainte-Victoire, deux phares après une longue traversée.

Maria s'était tue, tout autant que Laure avec Philippe qui n'avait jamais posé de questions. Respectueux des silences de sa femme. Électrisé par son mystère. Pragmatique aussi. Parfois, mieux vaut ne rien savoir.

Ni Maria, muette dans son fauteuil roulant, ni Anita, assignée à la garde-malade, n'avaient assisté à la cérémonie et à la grande fête au château Sénéguier. Laure avait annoncé à Anita un mariage en petit comité avec un dénommé Philippe. Quand sa mémoire bute sur les raisons du lien rompu avec sa mère, elle ne déterre que des traces floues à interpréter.

Avait-elle menti en lui assurant que seuls les témoins seraient présents ? Lui avait-elle conseillé de rester auprès de Maria ? Lui avait-elle balancé que la simple idée que Marcel puisse assister à son mariage la terrifiait ? Imaginer le concubin de sa mère trimballer sa fatigue d'ouvrier à l'usine Haribo, ses doigts jaunis par le tabac, son visage rougeaud et une bedaine -qui avaient inspiré à Laure le surnom de Fraise Flagada- au milieu de ses nouvelles relations lui soulevait le cœur. Avait-elle tout bonnement exigé son absence ? Anita avait-elle, d'elle-même, renoncé de crainte de gêner ? Pensez-vous, un mariage avec un grand avocat ! C'est ce qui a dû se passer. C'est probablement ainsi que cela s'est déroulé. Au fond, tout cela, son autre vie, c'est sa mère, épaulée par Maria, qui l'a souhaitée. Elles ont minutieusement échafaudé un tremplin social. Laure n'a fait que prendre de l'élan. Elle s'est envolée trop loin pour pouvoir revenir en arrière.

Les photos de mariage posées sur la commode, une armée de gens charmants dont elle évite le regard, n'ont jamais cessé de la foudroyer. La crainte saugrenue de voir Maria et Anita imprimées dans son autre existence, immortalisées avec des sourires trop bruyants et des robes trop chatoyantes. La gorge de Laure se serre et peine à déglutir les souvenirs.

Elle s'adresse à nouveau au miroir et libère ses cheveux de l'élastique qui les contraint. Ils s'étalent lourdement dans le dos, se laissent aller, prennent tout l'espace dans le reflet, chassent, un instant, le kaléidoscope d'écrans.

— J'adore ta crinière ! Ça te donne une allure incroyable. Tu as des ancêtres brésiliens ? J'irais bien à Rio. Le carnaval…

Non, elle n'a jamais eu à mentir. Les suppositions s'infiltrent dans les silences et se métamorphosent en vérité. Séverine lui a attribué des origines sud-américaines, un jour, sur un banc des jardins de l'université. Laure avait libéré la masse brune et frisée pour mieux l'attacher. Séverine a toujours été volubile tandis que Laure abandonnait chaque matin son débit de mitraillette à Marseille. Après la porte d'Aix, elle devenait taciturne, laissant les bavardages s'emboîter dans ses creux mutiques. Elle n'avait pas démenti. Elle aussi, Rio ça lui donnait une envie de samba ! Un désir de danser, une absence de réponse, un demi-silence ou un doute suffisent pour que les autres échafaudent votre passé. Souvent celui qu'il leur plaît de connaître. Comme l'écriture d'un scénario ou d'un livre, on choisit un point de vue, celui qui nous intéresse le plus ! Laure n'a fait que s'installer dans l'histoire qu'on lui a racontée, un malentendu, sans retour possible. Sans coupable et sans victime.

La masse brune ne se domestique que sous les coups de brosse avant de la trahir en se regonflant. Elle perçoit dans leur ondulation la jeune fille à la peau hâlée, qui sautait dans les calanques le dimanche, tournant le dos au béton de son quartier, les yeux plissés par les lumières de la mer. Les nuances de la Méditerranée s'estompent, tout comme le maquillage bleu bavait, aujourd'hui, sur les paupières et les cernes de Kathy. Laure en a vu des femmes comme elle, fardées de turquoise ou de vert. Une couleur de lagon, de ciel plus clément, de mer plus exotique ou de mirage.

Elle prend à partie son miroir pour qu'il lui renvoie la vérité. Elle impose à son visage, rarement nu, un interrogatoire, inspecte les yeux du même marron que sa mère, la peau mate et les cheveux trop drus, héritage d'un père dont elle sait si peu.

Pour que la tension de ses traits s'évapore, elle passe en revue ses palettes de maquillage et inspire un flacon comme d'autres un rail de cocaïne. Sa salle de bain regorge de fioles, pots et tubes ouverts, des matières à brouiller les pistes. La pauvreté sent mauvais. Si elle avait accepté de remuer tout cela, elle aurait compris pourquoi le parfum est son autre passion cosmétique. Plus ancienne encore que le fond de teint, inspirée par Madame Granger. Elle avait mis des années à trouver la fragrance que son enseignante portait, elle n'avait jamais osé en demander le nom. La quête de ce signe olfactif d'élégance l'avait amenée des rayons de Cologne de Leclerc à ceux des eaux de toilette de Monoprix. Elle en avait retrouvé la trace bien plus tard dans une boutique Guerlain. Avec un sourire frôlant la condescendance, la vendeuse lui avait déposé dans la pâleur du poignet une goutte d'un oriental. Shalimar. Cet objet du désir, longtemps inaccessible, se perd maintenant dans une forêt de flacons, la plupart offerts par Philippe. Il sait ainsi ne pas commettre d'erreur. Philippe ne se trompe jamais. Il détesterait cela. Et elle ? Elle, elle n'aimerait pas le décevoir ou le blesser. Elle dompte sa crinière en un chignon qui se veut décontracté et se remaquille pour la soirée.

Dans la cuisine à la tradition provençale entretenue, ses bracelets tintent au rythme de ses mains froissant la pâte à crumble, anéantissant les morceaux de beurre jusqu'à les dissoudre dans la farine. Laure prend plaisir à la disparition visuelle du gras. Puissent les souvenirs d'enfance qui viennent l'assaillir être ainsi absorbés ! Alors que la musique du générique s'entête à prendre trop de place, son reflet dans la vitre la réconforte. Si ce n'est cette méchante ride du lion qui s'installe, son visage demeure inchangé, rien ne trahit les soubresauts qui l'agitent. Au-delà, la vue sur la Sainte-Victoire l'apaise et lui assure, une fois encore, que demain rien n'aura bougé.

Le mistral de fin d'été termine sa course, après avoir dévalé la terre aride et attisé la crainte de l'incendie. L'odeur des pins mêlée de garrigue et celle du figuier s'infiltrent dans la cuisine, sa pièce préférée. Elles ne ressemblent en rien à celles de l'appartement de son enfance, où les lignées de femmes se réunissaient. Elle se remémore Maria recevant ses amies dans les odeurs de friture entassées sur celles du café. Ça discourait espagnol, trop fort, trop vite.

Avec Laure, Anita et Maria parlaient un français appliqué qu'elles tentaient d'affadir de tout accent.

Parfois, pour aider leur petite, la mère et la grand-mère se mettaient aux devoirs sur la table de la cuisine. Et, quand Maria, prenait d'assaut le manuel d'anglais, cela tournait au pugilat sonore.

– Ouère is Brilland ? Brilland is in te kichène, anonait Maria.

– Non pas Brilland, c'est comme Brayan. Brayan is in ze kitcheun, reprenait Anita.

Les cours de langue à la maison devenaient une échauffourée entre la jota espagnole et l'accent des quartiers de Marseille. Un combat perdu d'avance. Sa mère lui avait acheté des cassettes d'anglais pour lutter contre la mélodie familiale. Laure se sentait comme ces petits que les femelles poussent hors du terrier, loin d'elles, pour les inviter à se lancer dans la vie. Un pâle sourire afflige le visage de Laure. La mélopée espagnole se mêle au carillon des bracelets et aux bandes-son des feuilletons que lui a remis en tête Kathy. Tout ce bruit la rend folle. Estúpido ! Se prend-elle à penser.

Il n'y a pas eu de lutte d'accents avec Edgar et Louis. On les avait envoyés à Bath et à Londres. Laure n'avait aucun mérite à les avoir engagés sur la route des études de Droit pour l'un et d'une école de commerce pour le second. Ses fils avaient des connaissances innées. Comme si, par la naissance ou le baptême, ils avaient

reçu la culture et la capacité à placer naturellement les négations dans les phrases. Chez les Faure, certains activités se pratiquaient de manière génétique : jouer du piano, relancer les balles au tennis et descendre une piste de ski.
Laure ouvre grand la fenêtre pour aérer la persistance du café brûlé de sa grand-mère. La ritournelle de *La petite maison dans la prairie* reflue. Récidive. Encore et encore. Elle le sait, c'est ici, au pied de la Sainte-Victoire, la demeure idéale qu'elle n'arrivait pas à imaginer devant la vieille télé, dans l'appartement exigu de Maria et d'Anita. C'est bien ici. C'est sa maison. Pourtant il suffit de peu, d'une rengaine, pour que tout s'écroule.

Philippe fait tinter la porcelaine et rappelle Laure à ses obligations. Il choisit les assiettes pour mettre le couvert, les serviettes de table brodées d'un F rond et dansant. Elle sourit à l'œil tendre de son mari, sur la mèche brune s'échappant de ses épingles. Elle s'émeut encore de sa prestance. Son allure l'avait séduite en premier lieu. Elle avait un fantasme : la reproduire. Avec ses gestes amples, le son grave et chaud qui sort de sa bouche à la gaieté pincée, sa voix dont les inflexions peuvent être aussi cassantes qu'attentionnées, il n'a pas besoin d'être beau. Il en impose.

Si elle avait cédé à ses avances, il y a vingt-cinq ans, quand elle était en stage, on aurait pu dire de Laure -une inconnue dont on ne savait rien- qu'elle avait décroché le gros lot. Mais elle n'avait pas manigancé cela. Elle peut le jurer. Les places dans les grands cabinets sont chères et elle n'aurait pris aucun risque pour sa carrière. Elle était passée de stagiaire indispensable à collaboratrice dévouée. Elle avait préféré, avant de lui dire « oui », épouser l'élégance des Aixoises qui arpentent le cours Mirabeau et s'attablent avec aisance en terrasse. Comment est-elle tombée amoureuse de

Philippe ? Il lui avait fait une cour assidue pendant des mois. Des années, peut-être. Une attitude, un geste, un mot, un souffle l'ont-ils fait basculer ? Elle n'a jamais trop su. Quand elle l'a connu, il était avant tout le fils du patron, ce qui, vu de son milieu d'origine, impliquait une déférence certaine. Elle le distinguait à peine parmi tous les hommes du cabinet à l'aise dans un costume d'avocat qu'elle-même endossait le matin telle une cape d'invisibilité. Elle ne se doutait pas alors que son affabilité désuète était sa manière de supporter le poids de l'héritage familial et la pression de son père. Il avait fallu du temps à Laure pour percevoir la cacophonie intérieure que Philippe ne faisait jamais entendre. Ce hiatus l'avait chavirée. Chacun ses non-dits.

Elle avait rencontré Philippe, pour la première fois en tête à tête, convoquée à la suite de sa première note sur une affaire. Elle était impressionnée par la taille de son bureau et lui par son esprit de synthèse.

– Je voulais vous féliciter pour la qualité de votre travail. Mademoiselle…

– Garcia.

Alors que les épaules de Laure s'étaient affaissées de soulagement, Philippe avait haussé les sourcils. Il parlait haut et ses intonations étaient moins musicales que celles qu'elle connaissait. Laure avait appris à atténuer les siennes. L'accent du pouvoir n'est pas celui de Marseille.

– La plupart des élèves avocats sont capables de faire une note de synthèse. Mais peu savent être scrupuleux sur les détails importants. Bravo pour votre minutie.

« Minutie ». Laure avait toujours aimé ce vocable. L'employer était euphorisant et soyeux, comme caresser l'espoir. « Minutie ». C'est le mot exact que Maria utilisait pour parler de ses ouvrages de couture. Elle le prononçait avec la fierté d'une nouvelle acquisition, d'un objet qu'on n'aurait jamais escompté posséder.

Il ne faisait pas partie de son vocabulaire d'immigrée, il lui avait été offert en cadeau par une cliente pour la féliciter de son travail. Elle avait transmis sa minutie en habillant son enfance de tenues aux broderies que Laure pourrait aujourd'hui qualifier de délicates. Maria, elle, les disait minutieuses. Une garde-robe minutieusement cousue avait accompagné toutes les rentrées scolaires de sa petite fille, de la maternelle au lycée.

Pour l'entrée à l'université, Maria -après une étude attentive de numéros récupérés de *Vogue* et la patiente collecte de chemises anciennes- lui avait créé toute une panoplie de chemisiers et de blouses dont elle trouvait l'élégance à la hauteur de sa minutie. Pendant des mois, Laure avait camouflé la honte de venir des quartiers de Marseille et de ce chic ravaudé sous un blazer, la pièce centrale de son dressing d'étudiante, son achat le plus important. Elle avait choisi la veste pour son allure sérieuse et à la mode, convaincue qu'elle ne commettait aucune faute de goût. Preuve en est, Stéphanie de Monaco s'habillait ainsi ! Elle lui donnait une assurance qui, avec le recul, était plutôt liée à la carrure qu'elle lui infligeait, dommage collatéral des épaulettes des années 90.

Avec le soutien de quelques pulls durant l'hiver, le blazer avait caché sa disgrâce. Le camouflage avait tenu jusqu'à un examen de fin de printemps, pendant lequel un réflexe lui avait fait enlever sa veste. La magie de la minutie avait opéré à la sortie de l'amphi quand une étudiante s'était extasiée sur son haut brodé. Laure avait refusé de communiquer l'adresse de sa couturière et sa cote de popularité avait explosé. Séverine s'était entichée d'elle, comme beaucoup de filles. Laure avait compris que la minutie pouvait changer les perspectives.

La radio en fond sonore freine sa dégringolade dans les boyaux du passé. Sur France Info, les témoignages

s'enchainent sur Belmondo, des extraits de film succèdent à des archives d'interview. « Je crois que c'est un peu ça le métier d'acteur, c'est observer les gens et, après, arriver à faire ce qu'ils font ». La voix de la star, jeune et gouailleuse, la glace. Philippe l'en libère :
– Le Saint-Estèphe que Pierre adore devrait aller avec le menu.
Il lui pose la question avec un point d'interrogation superfétatoire. Il ébouriffe d'un coup de main ses cheveux, une manie pour se donner un air décontracté. Vaine tentative de coolitude.
– Je prépare de l'agneau.
– Je sais bien, oui.
Elle le sait bien, oui, elle aussi, qu'il se marie au Saint-Estèphe. Elle a ingurgité l'art du choix du vin et bien d'autres goûts, pratiques et opinions.
Laure étale les mûres au fond du plat. Les échos de la journée au cabinet interfèrent avec les notes de *La petite maison dans la prairie*. À en devenir insupportable. Elle hait cette musique. Elle s'attache à égrener le crumble, recouvrant complètement les fruits qui se fondront sous la couche de pâte. Elle profite d'un interstice dans le monologue de Philippe pour se faufiler dans la conversation.
– Ma commission d'office ce matin… C'est une surveillante de prison en garde à vue.
– Je sais bien oui, tu me l'as dit en rentrant !
– C'est un personnage fascinant…
Laure hausse la voix pour relater l'histoire entre les allers-retours de Philippe sur la terrasse pour dresser la table.
– Je crois… que… c'est l'affaire que j'espérais…
– Je mets ces verres ?
La tête de Laure acquiesce alors qu'un vacarme occupe son crâne. Le tintement du cristal ne parvient pas à couvrir la musique du feuilleton qui persécute Laure. Elle, dissout le sel et le poivre dans le vinaigre

balsamique, tente d'évoquer Kathy Andrieu. Kathy qui n'a pas tout dit. Kathy qui ne semble pas réaliser ce qui lui arrive. Kathy avec qui elle se débat, oscillant entre rapprochement et rejet. Elle s'efforce d'arracher un sourire à son mari.

– Je t'assure… ce n'était pas une audition, mais un programme télé !

Entre les allées-venues de Philippe, elle narre, ajoute de l'humour à sa propre défense et, à sa sauce, de la moutarde et une touche de miel. C'est son secret pour réussir l'émulsion de l'huile et du vinaigre, les lier onctueusement.

– Elle explique tout comme si elle vivait dans un feuilleton télé !

Le rire de Laure se mélange au cri du fouet sur le fond du saladier.

– Ces gens-là n'ont pas de centre d'intérêt plus intelligent ! J'espère qu'ils ne vont pas t'appeler pour une audition pendant le dîner !

Philippe n'a pu s'empêcher de se montrer acerbe. Il frémit de voir sa femme glisser, depuis quelques mois, vers d'autres activités et évoluer vers une place différente de celle dans laquelle elle est si bien depuis le début de sa carrière. Depuis leur rencontre. Depuis toujours. Il a veillé à guider le flot de leur vie, évitant les écueils et les courants violents. Les yeux de Laure répondent à sa remarque piquante par une absence. Elle ne le voit pas. Elle ne le voit plus. Elle se laisse emporter par une vague qu'elle n'a pas anticipée. Il devine une houle intérieure dont il ne peut mesurer l'amplitude, encore moins soupçonner la possibilité d'une tempête.

L'huile est complètement incorporée au vinaigre, ne formant plus qu'un ensemble homogène. Trop acide. Il pique les yeux de Laure, une larme perle. Faut-il ajouter une pointe de miel, laisser macérer en elle ce reflux aigre qui l'irrite et ravaler cette intranquillité qui la ronge ?

Laure ne cesse depuis ce matin de s'interroger sur

Kathy, sur les personnages de fiction qu'elle évoque comme des relations. Des relations que cette femme a en commun avec elle. Des histoires qu'elles partagent. Des souvenirs dont Laure tente de repousser l'attaque. Les premières notes de *La petite maison dans la prairie* reviennent la hanter, encore et encore. Laure ajoute du miel avant de lécher la cuillère pour que sa douceur l'anesthésie. Elle avale avec le liquide épais et sucré tout ce qu'elle a toujours caché.

Elle doit se concentrer sur le dossier de sa cliente. Ce qu'a livré Kathy ne ressemble pas à un jeu autour d'une scène de crime, plutôt à un rôle qu'elle endosse pour résister à l'amertume, sa manière de fuir un avenir immobile dans sa cité de Bondy. Elle se demande de quoi cette femme a été capable pour vivre une autre histoire que celle à laquelle elle était destinée ? Laure arrête de fouetter la vinaigrette et noie ses pensées dans le liquide trouble avant de jeter par-dessus les feuilles de roquette.

Est-ce mentir de tenir un rôle qui ne nous était pas attribué ?

LA PETITE MAISON DANS LA PRAIRIE

Monsieur Lassiter
Je comprends ce que vous ressentez.
Mais on n'a pas l'intention de vous obliger à partir.
Nous savons ce que vous avez bâti,
les efforts que vous avez fournis.

CHAPITRE 17

La barquette en aluminium est le seul point lumineux de la cellule. Kathy a mâché un peu de riz. Quelques bouchées à peine. Le reste tient compagnie aux morceaux de poulet auxquels elle n'a pas réussi à s'attaquer. L'absence d'odeur du plat la rassure confusément. Il ne lui évoque rien du quotidien de la prison. Ni le chariot que pousse l'auxiliaire pour la distribution des gamelles. Ni la chauffe bricolée pour cuisiner ce que les voyous cantinent afin d'échapper au plateau-repas de l'administration pénitentiaire.

Il semble que les autres n'aient pas davantage la bouche pleine et que le riz pâteux ne les ait pas lestés à leur matelas. Les hurlements reprennent. Un bruit assourdi de coups de pied dans une porte fait vibrer la sienne. Des sonorités différentes de celles de la prison. Elle va sortir, elle est dans un lieu où personne ne reste. Pas de télévision qui gueule à tue-tête. Pas la même détresse dans les cris. Rien à voir avec les exclamations qui fusent des cellules quand on les ouvre et que les prisonniers lancent le bras avec leur gamelle. Rien qui n'évoque ce dixième de seconde de silence où l'un d'eux profite du passage de l'auxi pour balancer un message, ou autre chose, à son voisin. À ses débuts, à Nanterre, elle appréhendait les brefs moments de tension atone qui annoncent un problème. Ces infimes instants surgissaient dans des cauchemars qui la tiraient d'un sommeil lourd. Peu à peu, l'angoisse a laissé place à l'habitude, puis à l'ennui. Encore une fois. L'administration pénitentiaire, pour recruter, avait pourtant promis des missions passionnantes où aucune journée ne se ressemble. C'est vrai, le quotidien ne l'est pas trop. De là à dire que le boulot est excitant... Aucun de ses collègues n'a souvenir de cette promesse, la plupart avouent être là pour la sécurité de l'emploi. Bien que le terme sécurité soit peu adapté à un centre de détention. On n'est jamais à l'abri d'un coup de lame de rasoir, d'une rixe ou de la crise d'un psychotique. Une violence à laquelle Kathy s'est habituée.

Elle se prend la tête entre les mains et palpe son visage pour se retrouver. À l'adolescence, elle en détestait la forme, un ovale étroit. Avec ses traits aigus et ses cheveux noirs, elle n'a jamais rien eu d'une héroïne de série américaine. Elles sont toutes blondes, au mieux châtain, et les dents alignées. Elle a commencé à aimer la veine bleue, trop apparente sous sa tempe, en découvrant *Buffy contre les vampires.* Cette fille qui se bat, en avait une identique, sensiblement au même endroit. Elle en est convaincue, elle l'avait entrevue dans un épisode. Kathy avait 14 ou 15 ans et Buffy avait déboulé dans sa vie comme un vent de liberté. Elle était devenue son modèle. Elle était cool et n'avait peur de rien. Elle avait plus d'ambition que Laura Ingalls qui moisissait dans son Minnesota. Elle était moins cruche que Kelly, insupportable de la première à la dernière saison de *Beverly Hills.*

Kathy arborait un look calqué sur celui de Buffy, minijupes et grandes bottes. Elle snobait les princesses de son enfance, les blondes californiennes, les héroïnes qui se pâment devant des capitaines d'équipes de foot américain à la mâchoire carrée et à la dentition parfaite. Elle, elle allait prendre son avenir en main. Elle se construirait une histoire différente de celle de ses copines d'école et loin des vies minuscules qui viennent se ranger le soir dans de petites boîtes entassées pour former des tours.

En bac pro gestion, Kathy était persuadée que l'ennui qui s'abattait chaque jour sur sa classe, composée de filles condamnées à devenir larbins dans une entreprise, n'était que temporaire. Si sa mère avait trinqué au mousseux avec les voisines pour son admission en BTS secrétariat, Kathy avait levé le verre à un possible envol. Hôtesse de l'air, c'était son rêve ! Elle avait navigué, lors de son premier stage, de la machine à café au bureau d'un petit chef qui s'amusait à la frôler quand elle sortait de la pièce. Après, elle avait été embauchée dans une société de transport international. De l'entrepôt, elle préparait les feuilles de route, découvrait une géographie des voies rapides et des zones industrielles et regardait les chauffeurs partir vers l'Espagne ou le nord de l'Allemagne. Ils mataient son cul, tandis qu'elle fantasmait sur ceux des camions qu'on affrétait pour voyager à travers l'Europe.

Elle aimait bien cet univers d'hommes et remettre les mains à leur place. Le patron était plutôt un bon gars, il avait juste gueulé à l'annonce de son deuxième congé maternité. À cette époque, avec Michaël, ils avaient pu louer un deux-pièces neuf. Les doubles vitrages atténuaient le bruit des trains. Ceux pour Chelles, Meaux et même pour Strasbourg. C'était déjà un grand pas, elle avait pu quitter la barre et acheter à crédit un canapé, une télé et un lecteur DVD chez Conforama.

Peu à peu, elle avait compris que Michaël allait se contenter de missions en intérim, ses filles de la bonbonnière rose qui leur servait de chambre et elle de ne voir du monde que les cargaisons des camions qui s'amarraient à l'entrepôt. La lassitude se distillait au risque de l'endormir. Elle ne se sentait vibrer qu'au club de boxe. Celui où elle avait rencontré Michaël. Lui, le fréquentait un peu moins, assoupi dans son absence d'ambition, figé entre deux boulots, les bras déjà baissés. Il ne lui reste de la grande époque de leurs virées à mobylette que ses fausses Ray-Ban.

Elle l'avait méprisé de se laisser glisser dans une vie modeste et sans éclat. Elle, ce qu'elle voulait c'était autre chose. Quelque chose qu'on ne peut même pas imaginer quand on nait dans une cité. Quelque chose qu'on ne voit qu'à la télé. À son époque, ce qui faisait rêver était programmé sur des chaines, maintenant ça pullule sur Instagram. Elle ne supportait plus de le fantasmer seulement. Pour devenir une superhéroïne et contrebalancer l'absence d'ambition de Michaël, elle avait endossé le costume que lui avait tendu le Kabyle.

Si les flics ont craqué les messages téléphoniques, ils savent. Si le PGP n'a pas parlé, ils sont certainement sur sa piste. La loyauté. Le clan. Des mots qui revenaient entre les lèvres charnues du Kabyle. Une rengaine hypnotisante qu'il lui susurrait, excitante comme un épisode de *Mafiosa*. Une vague froide dans son bas-ventre remplace la chaleur de l'exaltation. Elle a cédé. Pas à pas. Elle a d'abord glissé des paquets de cigarettes, du cannabis, de la cocaïne. Elle a loué son portable, puis en a fait rentrer un. Elle lui racontait les codes des voyous décryptés par les séries, il lui murmurait des noms de vedettes du grand banditisme.
« Arrête ça ! Tu vois pas qu'il cherche à te prendre en main ». Lui rabâchait Aziz. Elle lui riait au nez. « Je reconnais ton pas », baratinait le Kabyle quand elle ouvrait sa cellule. Flatterie ! Elle sait bien que tous les détenus identifient chaque surveillant à sa démarche dans les coursives ! Ils n'ont que ça à faire, guetter les vies qui avancent derrière les murs. Entre deux confidences sur son besoin d'argent et de retrouver la flamme dans son couple, il lui avait chuchoté qu'elle pourrait passer des messages. En allant à un premier rendez-vous nocturne, elle avait eu l'impression d'embrasser enfin l'aventure. Goulument. Ce n'était pas grand-chose, juste livrer quelques tubes sur des détenus : des dates de libération conditionnelle, de

transferts, de permissions. Elle rentrait chez elle frissonnante.

Il ne reste de son thriller à la petite semaine qu'une barquette en aluminium pour briller dans la cellule. La fin du scénario est foutue d'avance. La loyauté. Le clan. Pauvre Kathy ! Qu'est-ce qu'elle peut bien peser dans leur monde, même si, tout à coup, les projecteurs sont braqués sur elle ? Elle ne subsiste qu'au second plan de leurs histoires et en lisière de sa propre existence. Comment reprendre les rênes, conserver sa place de mère et sauver sa famille quand on est au trou ? Elle ne voit qu'une solution pour retrouver un vrai rôle dans sa vie.

MAFIOSA

Sandra Paoli
J'ai aussi entendu dire que certains de vos amis commençaient à vous trouver... encombrant.

CHAPITRE 18

– Raconte à Pierre et Séverine ta rencontre avec cette dingue qui vit avec la télévision ! C'est délirant !

Philippe a l'humour péremptoire. Tous rient et Laure avec eux. Avant de se contracter à la pensée de Kathy dont le regard scrutateur la soufflette.

– C'est... un peu plus complexe.

– Dans les permanences pénales, vous n'imaginez pas le genre de personnages qu'elle découvre !

– Comme ça doit être excitant, dis-nous tout.

Séverine tend le bras vers elle, fait danser ses mains élégantes, armées de ses doigts longs et fins. Pour un peu, elle s'élancerait au centre de la terrasse où ils prennent l'apéritif.

Laure raconte, distille ce que le secret professionnel peut laisser transparaître et détaille les références culturelles de sa cliente, de *La petite maison dans la prairie* à *Mafiosa*. Elle bute sur les titres des feuilletons comme sur des noms inconnus, les yeux baissés sous le feu persistant de ceux de Kathy et de la désinvolture de Philippe.

– Comment voulez-vous que ces gens-là aient un tant soit peu d'ouverture d'esprit en s'abreuvant de télévision ! Ou apprendre à bien parler français !

Pierre grommelle. C'est sa marque de fabrique, il roule les mots dans sa bouche avant de pontifier. Laure le trouve ennuyeux, une version édulcorée de son mari. Un homme falot éteint par la flamboyance de son épouse que Philippe met au crédit du coloriste du salon Carita sur le cours Mirabeau.

– Je sais bien, que veux-tu !

Philippe soupire, ôtant une invisible poussière de la

chemise en lin revêtue pour la soirée.
– Je dois vous avouer que je regardais *La Petite Maison dans la Prairie !*
Séverine tranche le débat et reprend les rênes de la conversation. Elle aime mener la danse et captiver son public. En fredonnant le générique du feuilleton, elle balance les épaules, fait bouger ses cheveux roux et flous devant la caméra imaginaire d'une publicité L'Oréal. Les notes sonnent faux, virevoltent et reviennent tourmenter Laure. Se taire. Jamais d'aveux. Elle ne confesse pas qu'elle aussi, comme Kathy, a grandi auprès de la famille Ingalls. Même sous la torture, elle ne révèlera jamais avoir découvert le métier d'avocat grâce à *Perry Mason*. Si le monde n'était pas entré chez elle par cette lucarne, aurait-elle seulement su que ce métier existait et qu'elle pouvait, un jour, être l'un d'entre eux, à égalité avec eux, à partager un rosé frais dans un salon de jardin dominant une pinède. Laure opte pour le rire dans un éclat qui se répand en vagues amères dans sa gorge.

La télé n'a jamais intéressé Philippe. L'objet est laid, ce qu'il montre est criard. Une boîte aussi creuse que bruyante. Son père, avant lui, avait un point de vue radical sur le sujet qui avait pétrifié Laure dès leur première rencontre. Philippe en avait hérité, ainsi que de toutes ses opinions. Son mari n'a-t-il pas manqué, enfant, de la compagnie de *MacGyver* ou *Starsky et Hutch* ? Pauvre Philippe, il ne sait rien de cette insouciance hypnotique.

Face au chantonnement bringuebalant de Séverine, il attend, le sourcil arrogant, que la conversation prenne un autre chemin. Quel qu'il soit. Peu importe le thème, il a un avis sur tout, une vision du monde normative, éprouvée et rassurante. Qu'il s'agisse du marché de l'immobilier en région PACA, de diplomatie française, du choix de l'allemand en première langue, de la préparation du barbecue pour une côte de bœuf ou de la programmation du festival d'art lyrique. Sa capacité à discourir sur un spectre de sujets impressionnant fait de lui un de ces personnages volubiles qu'on aime inviter dans les réceptions. Son magma de connaissances et son aisance avaient aimanté Laure. Sa présence à ses côtés, dès les premiers dîners de notables où il l'avait conviée, était une assurance prévoyance. Il était là, près d'elle, pour faire face à n'importe quel accident de conversation alors qu'elle cheminait dans les bavardages comme sur le bord d'une falaise.

Philippe parle haut et fort, avec une passion catégorique, emballant autant l'assistance que lui-même. Il aurait pu devenir un ténor du barreau, un danseur étoile des effets de manche. Mais il est le genre d'avocat qui déteste plaider et le bruit des affaires qu'on traîne aux tribunaux. Il délègue les dossiers de contentieux à sa minutieuse associée. Il préfère recevoir dans son bureau feutré où la bibliothèque monte jusqu'au plafond à moulures ornées, échanger en toute confidentialité et souffler des conseils, une fois que son assistante avait servi le café et refermé la porte derrière elle.

Philippe revient sur le devant de la scène, cédée à Séverine le temps de son interlude musical et impose son terrain de jeu favori : la politique locale. La démission récente de Maryse Joissains de la mairie d'Aix fait diversion. Le conseil municipal devrait élire sous peu sa fille, Sophie. Enfin, c'est ce qui se dit et Philippe en est convaincu. Il n'a jamais apprécié Madame Le Maire, comme elle aimait être appelée, et se tient toujours prêt à rapporter une des sorties hautes en couleur qui ont fait sa réputation.

– Vous savez ce qu'elle a dit à propos de sa succession : quand un boucher prend la suite de son père, on ne dit rien !

– Avec sa voix de poissonnière, se gausse Pierre.

– On ne peut jamais renier d'où on vient, renchérit Philippe.

Tous rient. Le sourire de Laure n'est plus qu'une esquisse. Elle baisse les yeux à la recherche d'une contenance ou d'invisibles traces de mélasse au bout des doigts. Vérifie-t-elle qu'il ne persiste, sous ses ongles, aucun résidu du monde ouvrier ? Son esprit s'enlise dans le souvenir de Madame Granger. « On ne joue pas Chimène avec un débit de voyou ! »
Laure avait reçu la remarque de sa professeure de français qui l'initiait au théâtre classique comme une insulte. Pire que « Ta mère, la pute » qui résonnait dans le quartier. Elle avait relevé, dans *Télé 7 Jours*, cette astuce d'un comédien qui avait travaillé sa diction avec un crayon entre les dents. L'exercice répété pendant des mois avait chassé l'allongement marseillais des syllabes. Dans l'ovale du miroir accroché dans sa chambre d'adolescente, la bouche barrée d'un stylo, elle imitait les intonations bourgeoises de Madame Granger.
– Nous allons jouer… une pièce de théâââtre !

Laure observe Philippe avaler une gorgée de Saint-Estèphe et nettoyer son palais d'une tirade fielleuse, échappée tel un reflux gastrique. Séverine en profite pour sautiller dans la discussion et reprendre la main.
– À propos de gouaille, vous avez vu que Belmondo est mort ?
Le visage de Laure s'éclaire. Voilà de quoi saisir le fil d'une conversation, enfin anodine, et prendre place dans la chorégraphie sociale qui se joue devant elle. Mais Séverine, Pierre et Philippe auront toujours plus de répartie qu'elle pour se jeter dans la danse.
– *Pierrot le fou*… rebondit Philippe prêt à se lancer dans une conférence sur la Nouvelle Vague.
– J'espère que tu n'en es pas resté à Godard ! le tacle Séverine.
– Évidemment, il a fait une très belle carrière malgré tous ses nanars en blouson !
– Tu ne peux pas dire ça Philippe ! Qui n'a pas été

marqué par *Peur sur la ville* ? rétorque Séverine.
– Oui, bien sûr, il y a les films de Verneuil, dégaine Pierre pour ne pas demeurer sur le banc de touche.
– Je sais bien oui, Melville, Lelouch, Resnais, Truffaut... mitraille Philippe
– Et bien d'autres, même s'ils sont plus légers. Il avait tellement de charme et de fantaisie ! clame Séverine, lançant ses cheveux en arrière pour renvoyer la balle avec force.
– Tu parles des Lautner et des Oury ? Je ne suis pas très cascade et gaudriole, jette Philippe.
– On peut dire qu'il a un parcours exceptionnel.
D'une phrase consensuelle, Pierre résume le débat, prêt à désamorcer tout risque de dérapage entre son meilleur ami et sa femme.
– Eh bien moi, j'aimais aussi son côté tac tac badaboum ! provoque Séverine en se trémoussant.
– C'est la facette cinéma du dimanche soir de ma Séverine, atténue Pierre.

Laure fuit les escarmouches verbales. Elle ne sait comment entrer dans la bataille. Il y a quelques mois encore, quelques jours peut-être, elle aurait évoqué *À bout de souffle*. Pour plaire à Philippe. Pour se montrer cultivée. Pour marquer son territoire. Pour ne pas être liée au Bébel de Kathy, de sa mère ou de sa grand-mère, celui du *Guignolo*, de *Joyeuses Pâques* ou du *Magnifique*. La vue de Laure se brouille. Un fondu enchaîné. Elle ne distingue plus que la matonne dont elle se sent plus proche que de ses convives. La surveillante qui a les mêmes références, qui a su déchiffrer son grain de peau. Comment se termine *Le Magnifique* ? Le romancier n'élimine-t-il pas son double littéraire ? Qui s'en sort ? Le personnage ou celui qui l'a inventé ?

Tac tac badaboum. Tac tac badaboum.
Bébel est accroché à un hélicoptère un dimanche soir. Elle est calée entre sa grand-mère et sa mère qu'elle soupçonnait d'être amoureuse de Belmondo. Dans leur

vie sans homme, il était là, viril, drôle et rassurant. Tout était possible, on pouvait être flic ou voyou, venir des beaux quartiers et jouer des poings.

Tac tac badaboum. Tac tac badaboum.

La voix lointaine de Séverine s'enflamme sur la palette de personnages de l'acteur, tandis que celle de Philippe tient ses positions. Le dialogue d'une scène d'action dans laquelle elle n'a aucun texte.

Tac tac badaboum. Tac tac badaboum.

Débit de voyou ou de poissonnière. Elle a 16 ans, articule avec un stylo dans la bouche, apprend à parler comme quelqu'un d'autre : « Nous allons jouer... une pièce de théââââtre ! »

Tac tac badaboum. Tac tac badaboum.

Elle a 20 ans, sa gorge est sèche et ses mains s'agitent pour rattacher ses cheveux frisés pendant que Séverine lui inventait des ancêtres sud-américains plutôt que d'envisager des racines nord-africaines. Pourtant bien plus probables.

Tac tac badaboum. Tac tac badaboum.

Au milieu de la discussion, une question de Philippe lui parvient, pleine d'une tendresse qu'il ne réserve qu'à elle, et la percute.

– Et toi Laure ? ... Laure ?

Elle les toise. Dégrafe son chignon. Secoue la tête. Ses mèches éclatent à la manière de dizaines de grenades lancées autour d'elle. Elle imagine les dégâts qu'elles vont causer et agite son crâne, plus fort encore.

La bouche figée, Séverine est soufflée par la virulence inattendue de la chevelure de Laure. Pierre cligne des yeux dans un réflexe de protection. La déflagration réduit Philippe au silence et lui saccage le cœur. Son épouse ne libère jamais sa crinière, elle ne réserve sa brune opulence qu'à lui. La voilà qui se dénude devant tous. Une blessure, encore superficielle, atteint Philippe en l'observant livrer en pleine lumière ce qui tient de leur intimité. Un quelque chose qu'il n'a

jamais saisi chez sa femme, mais qu'elle ne révélait qu'à lui. Les cheveux prennent toute la place, éteignent la conversation et viennent toquer au cerveau de chacun des convives pour leur signifier ce quelque chose. Ils n'imaginent pas trop quoi. Laure le sait. Alors, elle froisse du bout des doigts ses racines crépues pour les faire jaillir davantage.
– Ça te change ! balbutie Séverine.
– Ça me change ? Mais, non, c'est moi ! Moi au naturel !
– Ça te va bien, ce côté un peu... sauvage, tente son amie qui s'interroge sur le sens à donner à l'explosion capillaire et quête du regard l'aide de Philippe.
– Ce côté sauvage ! Tu veux dire quoi ? Pas civilisé ? Pas bien dressé ? Pas fréquentable ?
– Enfin, Laure, tu n'as pas habitué nos invités... plaide Philippe désarçonné.
Ce n'est pas la tignasse brune qui le choque, il aime la caresser et contempler le geste délicat de ses doigts quand elle arrange les ondulations sombres. Il est bouleversé par la barrière qu'érigent entre eux les mèches hérissées. Elle le coupe avec une brutalité qu'il ne connaît pas.
– Le côté sauvage, c'est ma tête de fille d'immigrés ! D'Espagnole ! D'Arabe ! Des quartiers pourris de Marseille !

Alors que Pierre prépare quelques mots à grommeler, Philippe tend le bras vers les cheveux de sa femme. Une tentative de tendresse et d'apaisement. Un geste d'amour maladroit et désespéré. Sa paume demeure à la surface, terrifiée, flottant au-dessus des mèches déchaînées.
– Je dois aller me coucher, je peux être appelée à tout moment pendant la garde à vue de ma cliente.
Laure repousse, malgré elle, la main de Philippe, effarée d'avoir signé sa mort sociale.

LA PETITE MAISON DANS LA PRAIRIE

Charles Ingalls
Les vrais travailleurs ne sentent mauvais
que pour ceux qui ne font rien du tout
et passent leur temps à critiquer !

CHAPITRE 19

Kathy est allongée en chien de fusil. En équilibre. Ses yeux se sont ouverts sur la lumière grésillante. Comme lorsqu'elle sombre durant les gardes de nuit. Les couleurs mouvantes de son smartphone où s'agitent les personnages d'une série lui rappellent où elle se trouve. Il suffit alors de déplacer le curseur en arrière avec son doigt pour remonter le temps, remettre la scène manquée. Quelques secondes lui sont nécessaires pour se repasser le début et comprendre que son monde s'est inversé.

Les mains collées sur les oreilles, elle bouge à peine, le corps tétanisé par la tension, la peur de tomber, d'un côté ou de l'autre, sur le sol taché ou le matelas nauséabond. Son voisin de cellule braille en jouant du tambour contre sa porte, tandis qu'au fond du couloir quelqu'un hulule.

La différence entre la petite musique de nuit de la prison et celle de la zone d'enfermement lui paraît plus ténue. Une ritournelle devenue plus oppressante. Incapable de dormir, elle s'accroche aux variations sonores, aux bruits qui ne lui sont pas familiers. L'appel de ceux qui savent, ou croient encore, qu'ils vont sortir, cette nuit, demain, après-demain au plus tard. Les interpellations entre cellules de paumés qui ne se retrouveront pas dans la cour ou dans les douches, ne se croiseront pas lors d'un mouvement, ne troquent pas à la tombée du jour des cigarettes, ou des objets à risque de sanction disciplinaire par les yo-yo lancés entre les fenêtres. Même la gueulante du flic de garde est différente, un éclat de voix qui n'a pas besoin de mesurer sa portée, la vocifération de celui qui n'est pas condamné à surveiller tous les jours des prisonniers.

Kathy contracte son corps, étire une jambe, puis l'autre comme à la fin de l'entrainement après avoir enlevé les gants. Est-ce Michaël qui gémit, là-bas, derrière une des portes ? Elle voudrait lui passer un message. Il doit en dire le moins possible. Il doit déclarer qu'il ne sait rien et arrêter d'essayer de la défendre. Il ne faut pas qu'il joue au con, il doit n'avoir qu'un objectif : sortir pour Jade et Lisa. Des relents de panique lui piquent les yeux. Les larmes coulent. Ses tripes se mettent à feuler :

— Tais-toi putain, tais-toi. T'as rien fait. T'entends ? Faut t'occuper de Jade et de Lisa. Tu comprends ?

Elle attend une réponse aux mots hurlés avec la violence d'une droite frappant le vide. D'innombrables douleurs viennent se réfugier dans son bas-ventre avec l'envie de pisser. Elle déplie son corps tendu, pose à terre les pieds dans lesquels s'agitent des armées de fourmis, retient sa respiration en s'approchant du recoin où les émanations âcres d'urine se marient à la puanteur de la merde. Jamais l'odeur de sa transpiration ne lui a paru aussi aigre et écœurante la condamnant à être mêlée aux remugles de la cellule.

Kathy se rallonge sur un côté, ferme les yeux et tente de s'échapper dans les parfums des collines. Peu après s'être installés dans la région, avec Michael, Jade et Lisa, ils avaient grimpé jusqu'à la chapelle Notre-Dame du Mai dans le massif du Cap Sicié pour y entamer leur pèlerinage sur les lieux de tournage de *Mafiosa*. Ce jour-là, le mistral qui les faisait tanguer embrasait avec violence la garrigue, leur balançant les odeurs de thym, de romarin et de fenouil par bourrasques. Sur les hauteurs de Six-Fours, elle avait été renversée par le vent et par le panorama, la mer ponctuée d'îles, la côte déchiquetée de rochers qui brandissait des pins agités. La cité avec vue sur la Nationale 3, sa mère recluse au 5ᵉ étage, leur appartement de Bondy, les entrepôts de

Pantin, le RER qui ne lui offrait de la capitale que les gares et Nanterre pour perspective, avaient sombré dans la Méditerranée. Voilà, elle y était. Elle avait réussi à transporter sa famille jusque dans les images dont elle rêvait en regardant *Mafiosa*. Elle y avait traîné Michaël et l'avait abandonné sur le bord de la route comme un chien dont on se débarrasse avant l'été. Elle ne le voyait plus que les yeux voilés de colère. Un hurlement jaillit à nouveau.

– C'est à cause de moi ! Sauve ta peau, pense à Jade et Lisa !

Alors que le flic de garde lui gueule de la fermer, elle lui lance une bouée d'une voix brisée.

– Je sais que tu vas bien t'en occuper… Tu me manques !

Un hoquet lui renvoie ce qu'elle pourrait avouer : la colline couverte de nuit, la pierre délavée par la lune, la route escarpée et caillouteuse qu'elle devait à un moment grimper à pied, laissant sa Dacia Sandero à mi-chemin. Le SUV, quatre cagoules posées sur des blousons sombres, la silhouette qui lui parlait, par la vitre baissée, la regardait à peine pour lui donner le PGP et des instructions. Toujours le même homme, semblait-il, qu'elle tuyautait dans la garrigue opaque et qui lui avait assuré que les messages étaient inviolables. Dans le répertoire, pas de noms, uniquement des pseudos. Elle avait choisi le sien : *Mafiosa*. C'est par cette messagerie qu'elle avait transmis des dates de permission et reçu les consignes pour Marignane. Pas grand-chose, si on y regarde bien. Juste aller claquer une bise à un détenu qu'elle connaissait à sa descente de l'avion.

Ces soirs-là, l'exaltation des rendez-vous secrets, l'excitation qui vibrait et la puissance de la mise en scène massacraient sa routine. Sans compter que la vie est plus facile quand on peut remplir le chariot à Carrefour et payer en cash des baskets Nike et des tee-shirts Adidas à ses enfants.

Certes, en revenant de ses rencontres nocturnes, l'angoisse lui vrillait les boyaux jusqu'à vomir. L'écume salée au-dessus de ses lèvres avait la saveur de la peur et de l'adrénaline. Pas celle âpre de la terreur qui se répand à présent dans sa bouche. Si elle lâche le Kabyle et ses amis, pourra-t-elle au moins sauver la peau de son mari ?

MAFIOSA

Mathieu Zamponi
S'il a le sentiment d'être seul,
il n'est pas impossible que Peretti balance le mitraillage. Le mitraillage et le reste.

Sandra Paoli
Que Peretti balance quoi ?

CHAPITRE 20

Laure est allongée en chien de fusil. Dans l'éclat de la lune, ses doigts forment une toile d'araignée accrochée à l'oreiller. Ses yeux papillotent avec le halo de lumière du radio-réveil et se laissent engloutir dans la tache fluorescente sans parvenir à se fermer. Elle se perd dans la contemplation des murs qui l'entourent. Celui, derrière le lit, auquel elle a fait ajouter de la couleur. Un vieux rose, tendre et feng shui conseillé par Séverine. Face à elle, celui qui est grège marqué par l'ombre de la commode rustique, trop ancienne pour bouger d'ici. Elle lui paraît attachante en cette nuit tourmentée. Au-dessus d'un vase en céramique, dans le noir, le bouquet de lavande séchée se dresse, comme des mains hérissées, devant l'affiche encadrée d'une exposition au musée Granet. Elle vénère les temples des beaux-arts avec l'appréhension de ceux qui n'ont aucune éducation religieuse et la ferveur des fidèles à la révélation tardive. Elle s'y rend, seule, plusieurs fois par an. Elle s'abandonne à ses émotions, sans subir l'influence de Philippe ou Séverine. Elle connaît chaque Cézanne de la collection, reste suspendue à *L'homme qui chavire* de Giacometti et flâne dans la galerie des sculptures, quêtant le mouvement dans les silhouettes entravées dans leur instant.

Laure dérive dans le décor de leur chambre, saisie de l'aimer autant. L'idée de ne plus s'endormir ici la glace et la fige en position fœtale. Son corps rechigne à s'abandonner. Elle effleure le grillage de dentelle sur sa poitrine, un geste d'enfant dont les mains se rassurent au contact d'un doudou. La pulpe de ses doigts sent la texture, suit la fibre, les points formant des volutes qui tournent sur eux-mêmes et l'entraîne dans des spirales. Ses pensées rejoignent Kathy, qui doit chercher le sommeil chiffonnée dans son uniforme, puis à sa mère. Couche-t-elle toujours dans d'affreux tee-shirts publicitaires taille XL ? Parvient-elle à dormir alors que sa fille ne lui donne des nouvelles qu'à Noël ? Quelques mots derrière une photo des enfants.

Les yeux clos, Philippe veille. Il a ôté la main posée sans retour sur sa hanche lorsqu'il s'est allongé contre elle après le départ de leurs invités contrits. Elle perçoit le fossé qui se creuse, inexorable, entre le corps agité de son mari et son dos tourné, quelques centimètres de drap qui recouvrent la possibilité d'une rupture. Une coupure nette, pas un déclin. Pour cela, il fallut qu'il y eût un apogée, de la passion. Elle n'y croit pas à la passion. Elle la laisse à la Chimène de Madame Granger, aux héroïnes des Harlequin de sa mère, aux personnages des télénovelas de sa grand-mère. La sagesse est tellement plus confortable. Elle entretient le flou entre le désir physique et le désir social. Elle a rendu acceptable d'aimer Philippe parce qu'il s'était attaché à elle, elle qui pensait ne pas le mériter. Peut-être faut-il encore raison garder ? Continuer de se diluer dans ce décor.

Demain l'effraie. Son regard s'enfuit par la fenêtre ouverte sur la fin de l'été et vient buter sur les plis de la montagne dont elle ne peut voir la crête, encore moins le ciel au-dessus.

LA PETITE MAISON DANS LA PRAIRIE

Le révérend Alden

Je vais demander à chacun de vous de réfléchir soigneusement à ce que vous êtes et à ce que vous allez détruire. Vous avez vécu 12 ans de bonheur dans le mariage, vous avez bâti un foyer, un magasin, une situation respectée dans notre communauté. Surtout vous avez deux enfants et vous les aimez beaucoup. Le seigneur veut que vous vous aimiez, que vous vous chérissiez, que vous honoriez votre serment. Vous l'avez juré le jour de votre mariage, ne l'oubliez pas ! Je vous demande de vous lever tous les deux. Tournez-vous l'un vers l'autre, regardez-vous dans les yeux. Dites-vous que celui qui se dresse entre vous deux est toujours le même que celui que vous avez promis d'aimer pour le meilleur et pour le pire. Pensez-y fortement.

CHAPITRE 21

Les yeux aqueux de Kathy s'ouvrent sur une silhouette encadrée dans la porte. Stature haute, tour de taille proéminent, son regard ensommeillé compose l'image de Capelan. Elle déteste bosser avec lui. Son collègue aboie à tort et à travers et tout vire à la confrontation.

– Quelle heure il est ?

Elle se redresse trop vite et la tête lui tourne. Le ton de sa voix exige une réponse.

– T'es attendue !

Deux tâches bleues se superposent. Le visage de Capelan posé sur le polo de la pénitentiaire disparaît sous les épaulettes tombantes du flic qui la réveille.

– Quelle heure ? S'il vous plaît ! quémande-t-elle. Sa vie est suspendue à ce seul repère.

– 2 h 25 ! Allez, bouge ! Le lieutenant veut t'interroger.

– Du matin ?

Les sensations nocturnes, des fragments de rêve et des bribes de confession frissonnent. Kathy échoue dans le milieu des ténèbres après la traversée d'un cauchemar qui la catapultait contre les murs. Ceux de la chambre de Jade et Lisa, peinture lavande locale, où elle s'assoupit dans leur odeur après les services de nuit. Ceux du salon, rythmés de grandes fenêtres sur la cour délimitée par un grillage et des cyprès. Ceux des cellules au plâtre grignoté tacheté du dentifrice séché qui a servi à coller des affiches. Ceux à la couleur indéfinie du bureau exigu de Luynes où elle annonce les notifications d'audience aux détenus.

Les envolées de poussières du matelas la font larmoyer. Ses paupières lestées de sel et de croûtes de sommeil papillotent avec les néons du couloir tandis que son corps avance sans elle. Le flic, trop grand, trop large, la lâche sur la chaise où elle choit devant Fast&Furious plus froissé que son tee-shirt.

La commis d'office la salue, les yeux bouffis tenant en échec son maquillage et le sourire aussi sirupeux que son brillant à lèvre grenadine. Elle s'est fardée à l'arrache. C'est son boulot de grimacer pour rassurer les types en garde à vue ? Tartinée de fond de teint, tirée à quatre épingles, elle semble sortir d'un placard où on la range entre chaque audition ! Son allure humilie la dégaine misérable de Kathy. Elle lui trouve un air de Ling Woo, la perfide avocate qui terrifie tout le monde dans *Ally McBeal*. L'agacement secoue la surveillante. Un peu d'espoir aussi. Si Laure est à la hauteur du personnage, elle sera bien défendue. Fast&Furious, accoutré comme la veille, s'irrite aussi de l'assaut d'élégance vestimentaire et du parfum ambré de la Ling Woo aixoise. Il s'appuie avec force sur ses bras croisés sur le bureau, signifiant qu'il n'a peur de rien. Pas même, sous son poids, de briser un mobilier appartenant à l'État.

– Tu devineras jamais qui on vient d'interroger !

– Mon mari a rien à voir avec mes affaires, faut le laisser sortir… Il doit s'occuper de nos filles.

– Je te parle de quelqu'un avec qui t'aime bien prendre un petit caoua… Tranquille… En tête-à-tête dans la cellule…

– On dit que j'suis plutôt amicale avec les voyous. C'est tout.

– Amicale ou complice ?

Fast&Furious a déjà dû boire des litres de café. Ou bien, il est comme ça. Sous adrénaline non-stop. Kathy pare les coups. L'entraînement. L'accoutumance à la tension. L'habitude de tenir malgré les sommeils fractionnés des nuits de garde. Le buste penché en avant, même si s'insinue la frayeur de ne pouvoir enchaîner les reprises. En boxe, on compte trois rounds pour les amateurs, au minimum quatre pour les professionnels. Sur le ring comme avec ses petits business, elle n'est qu'un aficionado qui tente de tenir dans l'arène. Elle ne s'était, jusqu'à présent, jamais posé la question de savoir comment rester en piste.

« Tu es trop amicale avec les voyous, c'est pas bon ». Aziz lui a maintes fois répété. Kathy en fait une comptine : « Non, c'est pas bon, Aziz ! C'est pas bon ! » Le doyen des surveillants lui manque. Sa moustache grise qui camoufle une chaleur usée, ses conseils de vieux, sa gentillesse paternelle, sa démarche arythmique à cause des genoux qui annonce aux détenus son passage dans les coursives. « Bonjour chef ! Ça va aujourd'hui ? »

Aziz, c'est le baromètre de la taule ! Il évalue à l'oreille le niveau de tension des voyous et l'état de nerf des collègues. Il a réussi à gagner le respect des gradés. C'est lui qui accueille les stagiaires verts et naïfs. Ils n'ont pas eu le temps d'intégrer l'école qu'on les balance trois semaines dans un centre de détention. Un crash-test. Aziz ne leur cache rien. Inutile. La réalité, ils se la prennent en pleine figure, avant d'avoir enfilé l'uniforme, quand ils passent sous les insultes des taulards aux fenêtres. Inlassable, Aziz les accueille toujours avec la même introduction : « personne ne fait ce métier par choix, mais on peut choisir d'essayer de le faire bien ». Il raconte comment il est arrivé aux Baumettes, il y a bien plus de 20 ans, sans formation, à la suite d'une petite annonce dans *Le Provençal*.

Kathy s'est peu liée d'amitié avec ses collègues, pas plus à Luynes qu'à Nanterre. Il faut opter pour un camp et elle n'aime pas ça. Elle méprise les énervés, pour qui les détenus ne valent rien et que les fouilles excitent autant que les bagarres. Elle n'a pas su se ranger du côté de ceux qui ne se laissent pas ensevelir par la vague de merde quotidienne, la foi pour la réinsertion en bandoulière. «Si on ne cherche pas à les comprendre, on perd notre part d'humanité». Répète Aziz à Kathy, à ses collègues, aux stagiaires trop frais. Elle a endossé un rôle qui lui va bien, qui rend sa vie de matonne supportable : la fille sympa que les voyous sont contents de voir à l'entrée de la cellule ou de deviner derrière la porte au contrôle œilleton. Capelan, Aziz ou Kathy, quel que soit leur camp, ont en commun d'être des funambules, en équilibre entre les règles et les faits. Les faits, c'est simple : en cas de bagarre pendant la promenade, ils n'ont aucun moyen de sauver leur peau, alors ils attendent que ça se termine pour aller ramasser les morceaux.

Avec Aziz, ils parlent d'eux, de la famille, des collègues et de la colère des détenus toujours plus nombreux. Il raconte Marseille et elle Bondy, jamais Aix où ils ne se sentent pas chez eux. Il lui résume les derniers romans lus et elle les séries visionnées. Avec toujours le même constat : l'imagination des auteurs est bien en deçà de la réalité ! Ils se confient leurs craintes aussi. Aziz est terrifié qu'il lui arrive quelque chose avant la retraite. Elle, qu'il ne lui arrive rien.

Si Aziz est interrogé, elle en met sa main à couper, il ne balancera rien. Il ne confessera pas l'avoir implorée de prendre ses distances avec le Kabyle. «Il va te manger le cerveau». Il l'a bien prévenue que c'était pas bon. «Non, c'est pas bon, Aziz c'est pas bon».

— Mohammed Hassani, ça te dit quelque chose ?
Fast&Furious murmure pour l'obliger à tendre l'oreille et à glisser dans la confidence. Ses coudes rougissent sous la pression au contact du bureau.
L'effroi la submerge. Le Kabyle a dû avoir droit à une fouille surprise ! Hier soir ? Cette nuit ? La houle des collègues parvient jusqu'à elle. Ils doivent être fous de rage. Attiser l'excitation des détenus à la tombée du jour ? Impensable ! On ne prend jamais le risque de

mettre le feu à la taule au couchant ! Cela ne pouvait être que dans la journée ! Elle imagine la scène, les surveillants tordant les matelas, secouant chaque objet, dépliant les vêtements, terminant leurs investigations par les toilettes. On finit toujours par les toilettes. Sauf Capelan parce qu'il aime étaler la merde. Là, il ne se sera pas gêné. Elle espère qu'Aziz n'a pas eu à effectuer la fouille. Son cœur se comprime à la pensée de le décevoir davantage. Fast&Furious enfonce son regard dans celui, fuyant, de Kathy.
– Le Kabyle, pour les intimes…
Un ressac la secoue. Une vague trouble comme les yeux du Kabyle dans lequel elle a, tant de fois, tenté de plonger. Elle le voit d'ici, planté à attendre que les matons aient ratissé la cellule où ils ne sont que deux. Un régime de faveur. Violence larvée, détachement bilieux, posture insolente, pectoraux en avant, pas pour montrer sa force -c'est superflu-, juste pour paraître plus grand qu'il ne l'est. Elle n'est pas une balance. Il faut qu'il le sache. Qu'est-ce qu'elle peut donner à Fast&Furious ?
– Il se passait quoi avec le Kabyle ?
Rien. Rien de ce qu'insinue le lieutenant sous un masque libidineux. Pas le moindre geste déplacé. Il n'y en a jamais eu. Elle s'est comportée, quelques fois, comme une chatte brûlante dans la cellule, pour chercher le frémissement de désir qu'elle espérait réveiller chez Michaël. Point barre.

Une lame de fond lui ramène son homme qui, par sa faute, se morfond en zone d'enfermement. Ils vont tous croire qu'elle est une poucave. Le silence de Kathy envahit la pièce. Les doigts de Fast&Furious cessent de tambouriner sur le bureau. La commis d'office inspire avec force. Mieux vaut tout garder pour elle.

La première fois qu'elle est entrée dans la cellule du Kabyle -elle ne l'avait alors espinché, comme on dit ici,

que par l'œilleton- il était assis sur le bord du lit. Et fumait les coudes posés sur le noir de son survêtement, cuisses écartées, yeux rivés vers un bout de ciel. Il n'avait pas pris la peine de bouger au bruit de la porte.
— Je m'appelle Kathy.
Elle avait cherché à capter son attention, enfreignant dès les premières secondes une règle élémentaire : ne jamais donner son identité à un détenu. Il s'était retourné avec une lenteur étudiée et l'avait jaugée avant de lui répondre impassible.
— Bonjour Kathy.
Sa voix sombre venait de loin, le K avait claqué dans sa bouche, le « y » s'était éternisé sur ses lèvres charnues auxquelles elle s'était sentie suspendue. Elle se souvient lui avoir trouvé une ressemblance avec ce rebeu qui joue les types inquiétants dans les films d'action. Elle cherchait le nom de l'acteur et quelque chose à dire à Mohammed Hassani.
Il était aussi trouble que ses yeux, deux traits si minuscules qu'elle n'avait pu s'empêcher de les fixer pour quêter son regard. Il avait attrapé celui de Kathy, au passage d'une pupille toujours mobile, elle en avait eu le vertige. Autour des billes noires et mouvantes, elle n'avait pu déterminer la couleur claire de l'iris. Vert ? Bleu ? Gris ? Elle n'a jamais résolu le mystère. Elle était restée bouche bée, fascinée. Il n'avait rien d'une racaille de quartier, d'un petit dealer ou d'un chauffard. Il n'était pas une figure du grand banditisme, mais en avait le potentiel. Il aurait pu être au générique de *Mafiosa*. Elle était devenue accro à lui, comme à la série dont elle avait avalé les épisodes les uns à la suite des autres.

Les yeux de Kathy étaient passés du visage aux épaules du Kabyle avant de se transformer en deux insectes affolés se cognant aux quatre coins de la cellule, évitant de suivre l'estafilade rouge le long de son cou, de longer les trois bandes blanches qui dessinaient ses

cuisses, de s'attarder sur ses larges mains immobiles malgré la cendre de la cigarette qui menaçait de tomber au sol. Kathy avait palabré pour dissiper son malaise.
– Je m'y fais pas à cette chaleur étouffante, je viens de la région parisienne. Ça va ? La chambre est pas trop dégueulasse ? À Nanterre, les cafards courraient sur les matelas. Pas de problème avec le codétenu ? S'il y a des embrouilles, faut pas hésiter à m'en parler. Y'a déjà une chauffe installée pour faire la popote. Est-ce que tu as de quoi cantiner ? Parce que la gamelle, ici, c'est pas un trois étoiles !

La cigarette avait achevé de se consumer. Le Kabyle s'était mis debout, si près que son souffle avait frôlé sa joue.
– Quand tu parles, tu écoutes pas.
Elle avait aspiré son odeur de tabac. Il était à peu près de sa taille, petit pour un homme. Une détermination tranquille figeait son corps alors que ses yeux, qu'elle a pensés verts à ce moment-là, enserrés dans leurs fentes étroites n'étaient qu'agitation. Il la surveillait, tout en matant derrière elle la porte ouverte sur la coursive, les lèvres secouées de tics. Elle s'était arrêtée de jacasser, interloquée. Il avait un accent marseillais dans lequel se glissait un brin de lenteur, une façon de s'imposer ou d'imiter les Corses chez qui il cherchait une famille.
– Reviens me voir quand tu veux, Kathy.
Elle s'était retirée de la cellule comme une invitée.
Elle avait rapidement respecté son besoin de solitude à l'heure où son codétenu partait à la douche. Le Kabyle ne suit pas les mouvements des autres voyous, dont certains se mettent à son service pour cantiner ou lui dégoter quelques faveurs. Il se rend rarement au parloir, aucune famille ne vient le visiter. Elle partage alors un café, seule avec lui. Le temps que certains retrouvent leur mère ou leur femme chargées de sacs de vêtements propres et de douceurs culinaires. Pendant que d'autres soulèvent les jupes amples de leur légitime ou de leur

copine pour faire l'amour ou déscotcher de leur cuisse des objets prohibés qu'elles tentent de leur passer.

«Quand tu parles, tu écoutes pas». Le Kabyle a raison. Voilà ce qu'elle doit faire avec Fast&Furious, écouter et garder le silence.

MAFIOSA

Hyacinthe
Dans notre jeu on ne balance pas aux flics.
Jamais.

CHAPITRE 22

L'amertume du thé, les stigmates d'une soirée agitée et d'une nuit entaillée par l'audition de Kathy font grimacer Laure. Philippe lui lance des regards qui ressemblent à des amarres. Il se découvre sans mots alors que tout en lui exige une explication. Il se cale sur les silences de son épouse pour la retenir et laisser passer l'imprévisible tempête. Laure appréhende son reflet dans les yeux de Philippe. Elle préfère se noyer dans l'eau oxydée sur laquelle elle baisse la tête. En fond sonore, la radio annonce l'hommage national qui sera rendu à Jean-Paul Belmondo. «Il a enchanté des générations de Français, cinéphiles pointus ou amateurs de cascades spectaculaires», conclut le journaliste.

Laure se racle la gorge pour poser une voix assurée par-dessus celle de France Info. Ce matin, Philippe n'étale pas le plan de travail du cabinet en même temps que la confiture sur ses tartines. Elle le regrette, cela aurait fait diversion. Elle se décide à annoncer le sien et à avancer les pions d'une partie d'échecs dont elle ne connaît pas l'issue.

– Clémence pourrait me remplacer pour le rendez-vous avec Girard aujourd'hui… Tu sais pour… son affaire de franchise.

– Je préfère que ce soit toi. Le cabinet est payé au résultat sur ce dossier, lui répond Philippe se saisissant d'un sujet professionnel pour quémander sa présence.

Sa femme a à peine touché à son petit-déjeuner, un yaourt protéiné agrémenté d'avoine qu'elle s'inflige pour maîtriser sa ligne. Il est pressé, mais s'affaire avec lenteur au rangement du pain et des miettes qui

parsèment la table. Il ne s'éloigne pas de crainte qu'elle ne se métamorphose comme hier soir.
– Tu peux arriver plus tard, souffler, Laure chérie.
Elle laisse passer le bulletin météo et se lance sur l'ouverture du journal de 7 h.
– Je suis convaincue que le procureur va décider la poursuite de la garde à vue.
– Ta permanence est terminée, un confrère peut prendre le relais ! Non ? Tu es épuisée...
– J'ai un devoir de suivi !
La tasse de Philippe l'interrompt en cognant le fond de l'évier.
– Un devoir, pas une obligation ! Tu n'as pas l'air dans ton assiette. Pense à toi.
« À nous. Pense à nous. » Songe-t-il.
– Ce n'est pas correct ! Ni pour la cliente ni pour le confrère. On ne reçoit que 150 € pour une prolongation ! se hérisse Laure.
– Je sais bien ! Tu as été payée combien pour les premières 24 heures ? 300 € ?
Philippe se mord les lèvres. Cela a failli lui échapper de lui rappeler que le cabinet vit avec de vrais honoraires. Il voudrait la ramener à la réalité. Que tout redevienne comme avant.
– Ce n'est pas pour l'argent que je le fais. Je souhaite m'occuper de cette affaire ! Une surveillante de prison va être mise en examen ! En plus, c'est... c'est un personnage romanesque. Elle existe à travers des héros de fiction. Et humainement...
– Ce n'est pas un personnage de roman. Juste une folle. Schizophrène, dédoublement de personnalité... que sais-je !
– Je n'ai jamais fait défaut au cabinet. J'ai simplement envie de... d'avoir les mains dans la vraie vie !
La voix de Laure se brise sur son monde qui va sombrer. Elle se mure dans le silence alors que Philippe cherche à se faire entendre.

– Enfin Laure, de quelle « vraie vie » parles-tu ? Qui rencontres-tu depuis ces permanences ? Des racailles du Jas de Bouffan, des dealers, des auteurs de violences conjugales ? Tu ne te sens même pas capable de t'inscrire sur les listes pénales des mineurs ! Ce n'est pas la vraie vie ces gens-là. En tout cas, ce n'est pas la nôtre !
Philippe la laisse sur cette évidence, convaincu que son revirement professionnel lui monte à la tête comme un alcool trop fort. Il se penche vers elle, immobile sur la chaise, lui caresse l'épaule, la nuque, une de ses mèches, avant de retirer prestement la main de ses cheveux ébouriffés dans un chignon. Sa coiffure folle et fiévreuse manifeste un malaise bien plus profond qu'il ne veut l'accepter.
Il invoque -une prière fervente et silencieuse- l'approche de la cinquantaine qui la perturbe, le besoin de tester, la crainte de regretter. Il en rationalise les effets. Elle a signé sa convention avec l'Ordre pour un an. Encore huit mois de permanences à se rendre en urgence dans un commissariat ou une gendarmerie, assurer des comparutions immédiates -elle qui aime maîtriser les dossiers sur le bout des doigts-, assister des procédures disciplinaires en prison… en plus des clients du cabinet. Elle ne tiendra jamais ! C'est évident. Il pense à Pierre taraudé par le doute sur la fidélité de Séverine. La récréation professionnelle de sa femme lui semble un moindre mal.
– Laure chérie. Fais ce qu'il te paraît le mieux. S'il le faut, je recevrai Girard moi-même.
Philippe hésite à lui dire qu'il s'est excusé en son nom auprès de Pierre et Séverine. Il a mis son instant d'égarement sur le compte de la misère des affaires pénales qu'elle prend trop à cœur. Il pourrait aussi changer de sujet en interrogeant Laure sur d'éventuelles activités adultères de Séverine. Il se tait. Pierre est son ami, mais il devrait se remettre en question, il a beau admirer sa femme, il n'a jamais été très attentif à elle.

Philippe n'est pas comme lui. Il se promet d'organiser un week-end en amoureux. Pourquoi pas à Barcelone ? Laure avait adoré Barcelone.
– Il faut qu'on fasse couper les branches du pin, j'ai failli en prendre une avec la voiture.
Philippe s'efforce de rattraper le quotidien, l'anecdotique, les petites choses sans enjeu. Laure fixe le chemin rectiligne et ocre qui fend le domaine en deux pour monter jusqu'à leur maison. La terre accueille des bouffées d'herbes jaunies par la sécheresse. Au-dessus, un minuscule nuage se délite dans le bleu.
– Il est tellement beau… Il suffit peut-être d'élargir le passage…
Philippe secoue la tête à l'idée de changer sa route, se penche vers Laure et embrasse, en fermant les yeux, le fouillis de ses cheveux.

Son thé jeté dans l'évier, Laure se prépare un expresso. Le ronronnement de la machine couvre le fracas des pneus de la voiture de Philippe sur l'allée caillouteuse. Elle coupe le sifflet à France Info. Le vide l'étreint. La taille de son pantalon lui paraît trop serrée, tout comme son tour de cou en perles, son soutien-gorge et les brides de ses sandales. Elle étouffe comme dans une camisole. Elle entame un dialogue avec elle-même pour raisonner les pensées qui fusent, agitent son cerveau et son rythme cardiaque. Si elle ne va pas au rendez-vous au cabinet avec Girard, Philippe lui reprochera. Les autres associés lui en voudront. Même les collaborateurs. Tous observent avec curiosité sa nouvelle orientation. Si elle n'assiste pas aux prochaines audiences de Kathy, sa réputation auprès des avocats du barreau sera écornée. Elle vient à peine de se lancer. Kathy pourrait être déférée, cela ne fait pas tout à fait 24 h. Et si Kathy ne devient pas sa cliente ? Si… elle ne peut qu'attendre que le procureur annonce sa décision. Son visage anxieux est tendu vers le cadran de

l'immonde horloge, un héritage du père Faure. Ce vieux con arrogant, la jaugeant d'un œil suspicieux, toujours prêt à se mêler de tout, avocat honoraire du cabinet jusqu'à ce qu'il trépasse. Agacée par le tic-tac obsédant, elle espère l'appel du commissariat.
Et si elle donnait un coup de fil à Séverine ? Son amie joue toujours les fofolles, pourquoi pas elle ? Elle pourrait s'accorder le droit de perdre le contrôle ? Elle pourrait lui demander de rester son amie quoi qu'elle lui confie ?
Si elle lui téléphone. Si la ligne est occupée. Si le commissariat cherche à la joindre.
Et si elle suit l'instruction de Kathy. Si elle la défend. Si le procès fait un peu de bruit. Si elle gagne des affaires. Si certains viennent de la Cayolle parce qu'ils la reconnaissent. Si elle ne peut jamais recevoir les nouveaux clients au cabinet. Laure desserre d'un cran la ceinture de son pantalon, ôte ses perles. Elles sont trop grosses et pesantes.
Le téléphone peut encore sonner pour annoncer une prolongation. La valse des « si » n'est qu'une excuse pour ne pas céder, sans lutter, au désir qui la tenaille : revoir la surveillante et accéder au dossier. Savoir quel rôle elle joue.

Et elle, née Laurence Garcia, peut-elle continuer à jouer le rôle de Laure Faure ? Philippe, Séverine, Pierre et tous ceux qu'elle côtoie aimeraient-ils Laurence ?

Et, elle, qu'elle se prénomme Laure ou Laurence, les aime-t-elle encore ?

LA PETITE MAISON DANS LA PRAIRIE

Caroline Ingalls
Ne va pas en ville…

Charles Ingalls
Il le faut !

Caroline Ingalls
Pourquoi ?

Charles Ingalls
Parce que c'est mon combat à moi aussi !

CHAPITRE 23

Le flic de nuit distribue les petits-déjeuners. Enjoué. À croire qu'il fête la fin de sa garde. Ce n'est pas avec une briquette de jus d'orange et deux biscuits secs que Kathy va récupérer de l'énergie. L'audition nocturne l'a épuisée. Durant ces quelques heures de répit, elle s'est contractée dans un sommeil trouble, cramant un résidu de ressources pour assourdir les cris salaces et l'unique chanson du répertoire d'un ivrogne. Elle se contraint à grignoter.

Ce matin, c'est un petit gros jovial qui tient les geôles et vient voir à quoi ressemble la clientèle de la nuit. Escorté d'un OPJ qui le dépasse d'une tête et nargue sa calvitie avec ses cheveux en brosse, le courtaud ouvre sa cellule.

— Bon, j'aère ta chambre, ma grande ! Les femmes se plaignent toujours, mais regarde-moi ça ! T'en as une pour toi toute seule. À côté, les copains sont entassés !

Celui qui accompagne le flic de garde se poste dans l'encadrement de la porte.

— Ta garde à vue est prolongée de 24 heures !

Kathy encaisse le coup, compactée sur le bord du matelas.

— Pourquoi ?

— C'est le proc' qui décide. T'inquiète, on appelle ton avocate. Si elle est encore dispo…

— Ça va aller ma grande !

— Tu fumes ? Tu veux t'en griller une avec moi ?

Ambiance décontractée, ce matin, entre le petit rigolard et un OPJ qui joue le gars cool, prêt à payer sa clope pour détendre l'atmosphère.

— J'fume pas, j'attends.

Kathy s'allonge, l'audience est close. Ils la prennent pour une conne Fast&Furious et son collègue à l'allure de balai brosse ? Comme si elle n'avait pas vu interpréter cinquante fois le duo bad cop-good cop. Le gros dur mène l'interrogatoire, puis, l'autre joue le type sympa pour ramasser des infos du suspect qui se relâche avec une cigarette de leur stock de contrebande !
– Ok. Tranquille.
Si elle n'était pas tenaillée par la peur, Kathy pourrait se foutre de leurs gueules. Elle se visionne la scène de l'épisode de *Mafiosa* où Sandra se retrouve en garde à vue à la prison de Borgo en Corse. Elle cherche à capter sa détermination. Le visage de Piper Chapman qui déguste grave pendant ses premiers mois d'incarcération dans *Orange is the new black* vient se juxtaposer à celui de Sandra. Elle craint d'être plus seule que jamais dans la suite qui se dessine. MacGyver n'existe pas. Personne pour faire exploser le pêne de la cellule avec un chewing-gum !

– Kathy, sors de tes putains de séries !
Michaël lui avait balancé ça quand il avait découvert le PGP. Il avait secoué Kathy, en pleine nuit, hurlant comme une sirène de flic pour réclamer des comptes. Il avait exigé des explications, alors que la plupart du temps ça l'arrangeait bien de ne pas en avoir.
– Ça va trop loin, Kathy.
Il lui avait répété en boucle.
– Arrête, je risque rien. Il y a un système de cryptage.
La gueulante avait réveillé les filles, elle avait dû les rassurer -lui n'en était pas capable-, pour pouvoir se recoucher. Comme si elle avait les moyens de ne pas dormir avant d'enquiller une journée à Luynes ou de se permettre des économies de sommeil.
Elle en a voulu à Michaël d'être un trouillard et un gagne-petit. Ils se sont déjà séparés trois fois, mais ils s'attirent comme des aimants, accrochés l'un à l'autre, à

la vie à la mort. À savoir pourquoi, elle l'a dans la peau. Il sera obligé de trouver un travail, il n'aura pas le choix. Vendeur dans un magasin de bricolage ! Elle lui a toujours dit qu'il s'y débrouillerait bien. Il faut qu'elle lui accorde sa confiance. Elle lui en voulait de se contenter d'un quotidien qui pue la médiocrité et l'ennui. Mais ce matin , elle crève d'envie de le retrouver dans leur vie modeste. Il faut qu'il rentre chez eux. C'est le seul combat qu'elle puisse mener maintenant et qu'elle doit se préparer à gagner. Même par K.O.

Des frissons la parcourent. Sa peau, ses muscles, ses organes, chaque parcelle de son corps se contracte, se noue, se tend, se révolte à l'idée de ne plus voir ses filles que dans un parloir. Elle se lève. Un mouvement brusque. La tête tourne encore, elle s'appuie contre le mur, rampe comme un insecte pour rejoindre l'autre bout de la cellule. Elle y dégueule l'angoisse de ne pas savoir où elles ont dormi. Il ne reste plus que la bile, rejetée dans des spasmes éprouvants, une acidité qui l'imprègne, macère en elle aussi lancinante et insupportable que la question qui la fait s'affaisser ici, par terre, juste à côté de la flaque de vomi : que vont penser d'elle Jade et Lisa ?

Les larmes, irrépressibles, surgissent. Jade comprendra peut-être. Elle lui expliquera qu'ils avaient besoin d'argent. Plus d'argent pour avoir la belle vie. Qu'elle a tenté, qu'elle s'est plantée. Lisa entendra-t-elle ses justifications ? Elle raconte à ses profs et à ses copines que sa mère est gardienne. Gardienne de quoi ? D'immeuble ? De la paix ? D'animaux au zoo de la Barben ? En tout cas pas gardienne d'êtres humains dans une prison. Lisa, ça elle a du mal.

Elle va le marteler à l'avocate que Michaël doit sortir de là pour s'occuper de Lisa et Jade. Il faut qu'elle soit encore là aujourd'hui. Pas un autre commis d'office. Même avec son air coincé et sa façon de marcher comme les détenus habitués à ne se déplacer que sous surveillance. Elle lui demandera si elle a des enfants. Si elle en a, elle lui accordera sa confiance. Elle comprendra que la priorité, c'est de sortir Michaël de là.

MAFIOSA

Marie-Luce Paoli
Jean-Michel, c'est un salopard, un fils de pute,
mais je te jure, j'en voudrais pas d'autre !

CHAPITRE 24

Toisant la silhouette impeccable qui pénètre la salle d'entretien, Kathy se convainc qu'elle a peut-être tiré le bon numéro. Veste d'un gris perlé, cuirassée, au plus près des formes, robe bordeaux dont la matière paraît si douce qu'on a envie de la toucher, il n'y a pas à dire Maître Machin en impose. Au box-office des avocats, elle doit assurer !

Sans se douter qu'elle a gagné des points, Laure masque ses hésitations et s'assoit face à Kathy, élancée et souple tel un roseau, prête à parer les bourrasques. Ses lèvres peintes demandent à la surveillante si le reste de la nuit lui a apporté un sommeil réparateur.

– Un sommeil réparateur ? J'sais pas où ont dormi mes filles !

– Quel âge ont-elles ?

Laure fait fi de la bouche tordue de Kathy pour moquer l'intonation bourgeoise de sa voix. Elle l'interroge sur ses enfants, l'endroit où la colère et la peur la percutent.

– Jade a 16 ans et Lisa 14.

– Elles sont mineures, ne vous inquiétez pas elles ont dû être prises en charge.

– J'veux pas qu'elles finissent à la DASS ! Vous entendez ? Faut que mon mari sorte pour elles.

Dans un cri, Kathy se lève.

– Asseyez-vous ! Je vais voir si je peux obtenir des informations… Chercher… quel confrère a été désigné pour s'occuper de lui…

– Ben, dépêchez-vous de trouver !

– J'imagine que vous connaissez le rôle de l'avocat de permanence ! Il n'a accès à aucune pièce et ne peut rien dire pendant les auditions ! Cela ne sert à rien de me

mentir ou de... m'embobiner en me racontant les illégalités perpétrées dans l'exercice de vos fonctions.
– J'vous parle pas d'un cours de droit, j'vous parle de confiance !
La confrontation avec l'avocate excite Kathy qui s'avance vers la vitre à la frapper du front. Laure ne veut plus reculer et se penche à son tour. Jusqu'à ce que les reflets sombres de leurs cheveux se touchent et se renvoient leurs colères.
– Vous êtes ici dans le cadre d'un homicide. Je ne sais pas qu'elle est votre rôle dans cette affaire, je ne connais pas les éléments dont les enquêteurs disposent, je vous conseille donc de ne plus rien dire. Faites-moi confiance, enfin !
– Faites ce qu'il faut pour mes enfants alors !
– Dès que possible, vous serez rassurée pour votre famille. Mais arrêtez de jouer à la *Mafiosa* avec moi, alors que vous n'avez qu'une envie : mettre le tablier de Caroline Ingalls pour vous occuper de vos filles !
L'uppercut détend Kathy. Maître Machin est capable de renvoyer les coups. Peut-être même de la comprendre.
– Vous avez des enfants ?
Laure se redresse, tendue, et acquiesce.
– Deux, lâche-t-elle.
Elle vient de franchir une ligne jaune, d'ouvrir la porte à l'affect dont elle s'est toujours prémunie et de commettre une infraction à la distance qu'elle se doit de garder avec un client. Elles se rejoignent également sur un autre point : elles ont, toutes deux, menti à leurs enfants. Pour cela, elle est aussi coupable que Kathy.
– O.K, je vous fais confiance. C'est quoi déjà votre nom ?
– Maître Laure Faure.
– Laure Faure, Laure Faure ! Ça sonne bizarre ! C'est un nom d'artiste ou quoi ?
– Ce n'est pas le sujet ! Expliquez ! Développez !
Derrière le plexiglas, la tête de Kathy s'affaisse dans un

aveu de défaite. Elle ne se débat plus dans son uniforme. Ses cheveux collent son crâne, se recroquevillent dans son cou, encerclent son dos et ses épaules. Des barreaux s'érigent déjà autour d'elle. Son visage plus pâle qu'hier s'allonge, forme un O vide et effrayé. Si la commis d'office peut sauver sa famille, elle peut tout lui déballer.

Fast&Furious n'a pas bluffé. Kathy aimait passer du temps seule avec le Kabyle. Il mettait l'eau à bouillir sur sa chauffe, elle apportait des dosettes de Ricoré. Ce n'est pas interdit de filer ce genre de poudre à un détenu ! Parfois, elle préparait le café pendant qu'il faisait des pompes. Il se livrait peu. Par bribes. Des petites scènes comme dans *Mafiosa, Narcos* ou *Gomora*. Les fuites à moto en protégeant son passager. Les gros SUV à piloter sur route, dans les chemins escarpés et à travers les rues de Marseille ou de Toulon. L'Espagne et le business des machines à sous. Les heures silencieuses aux aguets, à attendre que ceux qui avaient des choses importantes à se dire aient terminé. Celui qu'il appelait le patron avec déférence.

À Luynes, « le patron », c'était lui. Poli, calme, sans histoires. Avec le Kabyle, elle, Aziz ou Capelan étaient comme tous les autres surveillants : arrangeants. Il faut toujours être conciliant avec celui qui fait la loi dans la taule.

Elle n'a rien à balancer. Parce que, à bien y réfléchir, le Kabyle ne lui racontait jamais rien d'important, pas de noms, pas de lieux. Il lui jetait quelques scènes et des pseudonymes en pâture. Elle les absorbait comme on s'offre un trip. Elle revenait dans sa cellule en état d'addiction, sous l'emprise de sa vanité, pour qu'il la plonge à nouveau dans l'ambiance du grand banditisme. Elle a commencé à lui fournir téléphones, cannabis, coke, cigarettes avec lesquels il payait les services d'autres pensionnaires ou le dévouement de ses courtisans. Plus, elle entrait dans le jeu avec lui, plus l'excitation montait. Celle de l'aventure ! Il ne s'est jamais rien passé.

Elle avait cédé à la tentation : consulter son dossier pour le comprendre et recomposer son histoire. C'est pas interdit ! Juste déconseillé pour ne pas juger les détenus. Il venait de La Rose à Marseille. Elle discernait dans son visage une enfance portée par le même ennui que la sienne, les décors identiques, seules les directions des autoroutes qui barraient les quartiers Nord et ceux de Bondy étaient différentes. Son parcours judiciaire dans sa cité n'était ponctué que de quelques délits mineurs. Ce n'est pas là-bas qu'il s'était élevé dans l'échelle sociale de la délinquance. Kathy avait conclu qu'il en était parti avant 18 ans, quand il était encore un petit faisant le guet ou des courses pour les grands. Le Kabyle a choisi le camp des prédateurs, pas celui des proies. « Il faut avoir de l'ambition dans la vie. » Il aimait lui répéter. Être à ses côtés, c'était comme prendre l'ascenseur. Changer de niveau. Ne plus s'emmerder. Arrêter de compter les sous. Ne plus penser que demain serait pareil à aujourd'hui. Pareil aux jours d'avant.

Elle ne sait pas très bien comment le Kabyle avait grimpé dans la hiérarchie de la délinquance. Toute son énergie tendait vers un but : gagner la confiance et le respect de celui dont il était le chauffeur, le garde du corps ou l'homme de main. Elle ne savait trop rien d'une carrière criminelle aussi floue que sulfureuse. Il attendait en cellule, son instruction pour vol qualifié. Rien de très original. Il n'était pas fiché au grand banditisme, mais Kathy aurait parié qu'il y aspirait. Il n'était pas plus dangereux que son codétenu, Rayan, surnommé Pif pour avoir sniffé trop de coke. Dans leur chambrée, il s'était imposé jusque sur les murs, où il avait collé des affiches de motos. C'était sa religion. Pif s'y était plié, déplaçant, là où il lui laissait de l'espace, ses posters de filles à poil. Il entretenait ainsi sa légende. Celle qui se murmurait de cellule en cellule : le

Kabyle avait été repéré par des voyous de haut vol, peut-être même par la mafia, parce qu'il est un as des courses-poursuites. Rayan lui partageait les cornes de gazelle que lui apportait sa mère. Le Kabyle avait interdit la sienne de parloir. Il ne voulait pas la voir pleurer.

La seule fois où Kathy avait noté l'absence de visite, les yeux du Kabyle s'étaient arrêtés de s'agiter pour fixer son visage pâle, étiré par une queue de cheval. Ses iris lui étaient apparus bleus ce jour-là. Le silence s'était installé dans la cellule, l'angoisse de lui déplaire avait incendié le corps de la surveillante, enflammé ses joues. Une larme de sueur avait roulé le long de son dos dont la caresse s'était interrompue dans le creux des reins. Elle s'était accrochée à un autre sujet, la HP4 Race de BMW dont Michaël rêvait et qu'il ne pourrait jamais s'offrir. Au fin fond des pupilles du Kabyle, elle avait retrouvé cette flammèche s'agitant dès qu'elle se livrait sur sa vie qui suintait la morosité. C'est en partageant une corne de gazelle et un désir de moto qu'elle avait accepté d'être ses yeux, ses oreilles et sa messagère. Elle n'était coupable que de cela. Même si les conséquences étaient importantes. Beaucoup plus importantes.

MAFIOSA

Sandra Paoli
La seule adresse qu'il ait laissée c'est celle d'un certain Jeanselme, un maton de Borgo.

Jean Michel Paoli
Le maton qui est parti au trou.

Sandra Paoli
Comment ça au trou ?

Jean-Michel Paoli
Il faisait rentrer des portables et
des chargeurs de batterie. Et du hasch.
On parle aussi d'explosif.
Il a reconnu que l'alcool et les portables.

Sandra Paoli
Il est où maintenant ?

Jean-Michel Paoli
Je t'ai dit au trou. Aux Baumettes.

CHAPITRE 25

Au pas de course, Laure traverse le couloir vers l'accueil du commissariat. Ses pieds rebondissent sur les talons. À chaque pas, son corps vacille. La voilà face au tableau blanc à l'entrée des geôles. Dos tourné, le policier de garde note un nouvel arrivant. Une écriture aussi allongée qu'il est court sur pattes. Une pastille bleue collée à côté du nom de Kathy Andrieu rappelle l'avocate à l'ordre. Audition. Kathy a dû être emmenée dans le bureau où elle va à nouveau être entendue. Au premier étage. Si elle se souvient bien. Laure est incapable d'assister à un nouvel interrogatoire dans cet état. Affolée. Flageolante. Ce matin, elle a cru possible d'effacer son coup d'éclat de la veille et de renfiler un costume qui lui pèse. «Laure Faure. Laure Faure. Ça sonne bizarre ! C'est un nom d'artiste ou quoi !» Kathy ne l'a encore pas loupée. Elle lit en elle, la cerne mieux que ses proches, mieux que son mari, mieux qu'elle-même !

Elle se retourne pour rejoindre rapidement le quart où les OPJ de permanence gèrent le ballet des gardes à vue, des audiences et des confrontations. Elle oblique vers le local occupé par un confrère. Elle l'entend faire la leçon derrière la porte. «Ce n'est pas la peine de vous entraîner à mentir sur moi.» Rengaine d'avocat. «Je l'ai dit aux policiers, là ! Je comprends pas ce que je fais là !» Toujours les mêmes dialogues. Laure reste suspendue un instant aux bribes d'une affaire qui ne la concerne pas. Envie de vomir.

Elle a réussi ça, se rassure-t-elle, gagner la confiance de Kathy Andrieu. Mais Laure ne sait plus qui elle est. «C'est un nom d'artiste ou quoi !» Laure Faure.

Laurence Garcia. Elle est plantée là. Incapable de prendre une direction. Honteuse. Coupable. Les toilettes. Laure cherche désespérément les WC dans ce putain de labyrinthe qu'un architecte pervers a composé d'arcs de cercles concentriques. Elle se heurte à la porte entrouverte de la brigade des stups où un policier pose une affiche de *Flic ou voyou*. L'ensemble du commissariat rend hommage à Belmondo. Elle repart vers le quart pour demander le chemin des sanitaires. Ses talons, échasses prétentieuses, béquilles distinguées, échelon social tordu sous le poids de sa démarche agitée. Ces huit centimètres la trahissent aussi.

Laure se jette enfin dans les toilettes. La vague qui a commencé à se former face à Kathy, puis à gronder, la submerge, elle régurgite le mariage du café et du thé sur un lit d'abricots d'Ardèche. Elle tremble de ses pieds enlacés par le cuir de ses sandales chics à sa tête d'Arabe camouflée sous le fond de teint et ses mèches lissées.

Laure aurait voulu être du côté des blonds vénitiens. En rencontrant Séverine, elle avait envié cette rousseur, qui est peut-être celle de la Joséphine Karlsson de Kathy. Jamais, elle n'avait cédé à l'idée d'une coloration. Les racines finissent toujours par réapparaître. Ses cheveux épais l'ont dénoncée à la surveillante. Tout comme son nom qui rime comme les vers d'une pièce de théâtre.

« On ne joue pas Chimène avec un débit de voyou ! »

« On ne peut jamais renier d'où on vient ! »

Philippe, Pierre, tous avaient raison, hier soir, à propos de Maryse Joissains. Et d'elle. De Laure. Son prénom dont elle a coupé les racines. Elle leur a jeté au visage ses cheveux, sans avoir le courage de tout révéler.

Recroquevillée sur elle-même, tassée contre la porte des toilettes, Laure masse ses chevilles douloureuses de se tordre, telles celles d'une débutante sur stiletto. Son corps entier la lâche. Elle a pourtant tout fait comme il faut. Se tenir droite. À table. À son bureau. Sur des talons. Dans les conversations. Choisir les bons couverts. Marcher avec élégance. Bien s'habiller. Être décontractée au bon moment. Apprendre à jouer au tennis. Acquérir les codes, les références et les usages. Parler avec distinction. Savoir ce qu'il faut aimer ou pas. Gommer son accent. Vocabulaire apprêté. Débit de voix ralenti. Inflexions domptées. Elle n'y arrive plus. Elle est éreintée de mentir aux autres et plus encore à elle-même.

Les coulées de larmes entraînent le mascara, ravinent son fond de teint, accusent la crispation de ses traits. Kathy Andrieu est moins folle que Philipe ne l'imagine. À entrelacer sa vie avec celle de personnages de fiction, elle sait démasquer l'acteur derrière chaque rôle. Comme dans les affaires criminelles des séries policières dont elle s'abreuve, le spectre du cadavre finit toujours par ressurgir. Celui de Laurence s'agite, déterré par Kathy.

Laurence qui n'aimait ni ses cheveux ni son prénom. Laurence qui détestait cette façon dont on le prononce dans la cité. LauRence. Le R râpeux, accentué par la rage de l'intonation du quartier de Marseille où elle est née. Du mauvais côté de la route qui mène aux calanques. LauRence. Seules Anita et Maria articulaient la dernière syllabe dans un long S hispanisant, une coulée de miel. Sa mère avait voulu mettre un peu de douceur dans son prénom, sans y arriver vraiment. Elle aurait été baptisée Séverine, Clémence ou Marie, cela aurait été plus facile. Elle l'a bien vu en entrant à l'université. Et encore, elle avait eu de la chance, elle aurait pu s'appeler Nathalie. Pire, Valérie ! Qui peut-on devenir avec un prénom si commun ! On se le demande ! Laurence. C'est gaulois, c'est déjà ça ! Maria et Anita avaient voulu faire d'elle une petite Française bien élevée pour quitter les immeubles de la Cayolle où venaient s'échouer les misères du monde entier. Elle avait mis au monde une jeune femme qui tournerait le dos à un endroit où les racines ne prenaient pas et dont peu arrivait à s'échapper. Laurence Garcia. Avec son nom de famille, c'était pire. Plus commun encore. Dans les Bouches-du-Rhône, Garcia culmine dans le top 3 des patronymes, avec Blanc et Martin. Elle l'a lu, un jour, dans *La Provence*. Laurence Garcia. Des centaines de filles de sa génération doivent s'appeler Laurence Garcia. Autant dire qu'en arrivant à Aix, Laurence Garcia n'était personne, alors qu'elle espérait devenir quelqu'un. Plus encore. Quelqu'un d'autre. Elle avait eu l'idée, en découvrant la liste des étudiants, de sectionner son prénom de la dernière syllabe qui la rangeait dans une classe trop moyenne. Ici, à Aix où l'accent du Sud se veut léger, le R de Laure était moins appuyé, plus délicat. Elle avait commencé sa nouvelle vie en se baptisant Laure. Quelques années après, elle avait effacé Garcia en devenant Faure.

Laurence Garcia. C'était pourtant une chance ce patronyme ! Si le salopard inconséquent qui avait engrossé sa mère à 16 ans l'avait reconnue, elle porterait un nom maghrébin. On ne lui aurait jamais collé une étiquette de belle brune piquante -assez mystérieuse pour être latino-américaine. Elle aurait juste été marquée d'une gueule de métèque. Son cœur se débat avec violence dans sa poitrine, martelant que Philippe n'aurait sans doute pas fait attention à elle.

Le mascara de Laure creuse des sillons noirs, une sorte de mantille qui lui couvre le visage comme à l'enterrement de Maria auquel elle s'était rendue en cachette de Philippe. Sa grand-mère avait avalé sa voix et son chagrin. Laure avait étouffé Laurence de la Cayolle. Le jour des funérailles, devant le cimetière, Anita avait pris Laure dans ses bras pour lui dire au revoir. Sa mère ne lui en voulait pas d'être partie, de ne plus les voir. Elle l'avait remerciée pour les photos de son mariage, puis d'Edgar qui venait de naître. Un geste d'amour. Une absolution. Laure avait continué à lui adresser régulièrement des clichés de sa famille et de leur maison abritée de son passé par la grande barre rocheuse de la Sainte-Victoire. En changeant de prénom, elle s'était crue libérée, elle n'était qu'amputée d'une partie d'elle-même.

Laure arrache le papier toilette qui se déroule en sifflant. Face à son reflet dans le miroir sale, elle ôte le mascara, les pâtés de fond de teint et décape son visage à coups de feuilles rugueuses. Sa peau se défend, rougit et tiraille. Elle jette dans la cuvette les lambeaux maculés de larmes noires et de poudre chair, avant de les regarder, hébétée, disparaître dans le tournoiement sec de la chasse d'eau. Plongeant la main dans son sac, elle attrape sa trousse de toilette et, de rage, écrase dans son poing le tube beige. La crème se répand dans le lavabo ébauchant une peinture de guerre. Unique moyen de ressusciter Laurence.

Elmer
Voilà pourquoi je ne remettrai pas les pieds ici après ça.
Je ne suis pas des vôtres. Je le sais.

CHAPITRE 26

– C'est rien ! c'est pour un film !
L'homme est grand, athlétique. Un physique d'acteur. Il rejoint d'une démarche souple et placide la voiture stationnée au dépose express du Terminal 1. Il tient le pistolet automatique dans la main comme d'autres une raquette de tennis qui n'aurait pas trouvé sa place dans le sac de voyage noir qui ballote à son poing.
– C'est rien ! c'est pour un film !
C'est l'autre type, celui qui l'attend au volant de la Golf, qui jette avec décontraction l'explication aux témoins qui cherchent l'origine des détonations. Le grand, à l'allure de jeune premier, et le conducteur dont on ne voit que le sourire sous la casquette, sont si détendus que, oui, c'est bien ça, la cause, un tournage !

Kathy frissonne. Seule l'unité centrale a quelque chose à déballer, elle fait flageoler dans son halètement les branchements qui partent dans tous les sens.

C'était en décembre dernier, le ciel était d'un bleu lumineux. Une couleur d'une pureté qu'elle a découverte ici en hiver. Malgré le soleil qui se projette à travers les baies sur le sol luisant et le clignotement des écrans d'affichage, son œil n'imprime que deux taches sombres à l'intérieur de l'aéroport : le caban ardoise de Dominique Leca et le duffle-coat plus chaud d'Antoine Costa qui arrivait d'Orly par le premier vol du matin. Elle était devenue une vraie fille du Sud, de celles qui disent qu'il faut bien se couvrir quand on monte à Paris. Elle n'avait jamais vu Dominique Leca. Antoine Costa, elle le connaissait, il devait réintégrer la prison de

Luynes ce jour-là, après une permission. Elle s'était débrouillée pour se rendre dans le quartier, où il était incarcéré, et lui passer un cadeau, un signe d'amitié que les gars cagoulés lui avaient demandé de transmettre. Elle ne savait pas de la part de qui et ne voulait pas le savoir. Avec ce coup de main, elle avait offert à ses filles les paires de Nike qu'elles lorgnaient depuis des semaines. On lui avait dit de se faire connaître auprès de Costa comme une amie, puis de livrer ses dates de permission via le PGP. Une nuit, on l'avait briefée pour une mission de confiance bien payée. Elle devait se rendre à Marignane, claquer la bise à Antoine Costa et partir. C'était aussi simple que ça. Le reste, elle s'en fichait. L'avenir de ses filles était assuré avec la belle somme qui avait été versée après l'affaire sur un compte en banque. Elle se trouvait encore au tabac-presse du Hall 1 quand elle avait entendu la fusillade tirée par la Kalachnikov compacte, puis les coups de pistolet automatique qui les avait achevés.

Kathy le garantit à Fast&Furious dans une moue étonnée, corroborée par des mouvements négatifs de la tête : elle ne sait rien du clan Marchetti dont ils étaient des fidèles ; rien de l'assassinat de Pascal Marchetti quelques mois auparavant ; rien de la guerre entre les héritiers.

– C'est rien ! c'est pour un film !

Fast&Furious martèle la phrase rapportée par des témoins de la scène de crime et mitraille Kathy du regard.

– C'est la loi du clan... C'est *Le Parrain* ici !

Kathy ironise et pince ses lèvres fines. Que veut-il qu'elle lui raconte ! Elle aussi, elle suit les affaires de banditisme tout comme les épisodes de *Mafiosa* ou de *Narcos*. Que peuvent-ils avoir sur elle ? Elle a juste respecté les instructions communiquées sous la lune dans la garrigue ou via le PGP.

– Et toi là-dedans ? Tu connais vraiment dégun ?

Elle secoue la tête. Des plis se pressent sur son front, trahissent les questions qui vont et viennent sur les infos dont peut disposer Fast&Furious. Évidemment qu'elle les connaît... S'il croit qu'elle va lui balancer le générique ! Costa ? Elle s'était arrangée pour le croiser à Luynes. Mais les flics savent qu'elle n'est pas affectée au centre de détention où il est incarcéré, mais à la maison d'arrêt. Non, non affirme-t-elle de la tête. Kathy hausse les épaules, refuse de les laisser s'affaisser.
– Alors *Mafiosa*, t'étais où le mardi 5 décembre ?
– J'me souviens pas...
– T'es sûre que tu jouais pas dans *Le Parrain*, à Marignane ce jour-là ?
Le pantalon n'absorbe plus la moiteur de ses paumes collées à ses cuisses et la bouche de Kathy, asséchée, reste sans réponse.
– Tu veux voir le film ? Le vrai ?
Fast&Furious étale des photos, dessine du doigt une femme sur les images. Plutôt grande. Une tache pâle pour visage.
– Treillis kaki, sweat-shirt léopard... C'est marrant, on a trouvé la même tenue dans ta penderie !
La récolte de la perquisition associée aux vidéos de surveillance la dénonce. Caméra 24, 8 h 29 : la silhouette est attablée au café du Hall 1. Caméra 23, 8 h 47 : le dos léopard scrute l'écran des arrivées. Caméra 23, 8 h 53 : les cheveux sombres sont penchés sur un téléphone portable. Caméra 26, 9 h 17 : la femme au treillis embrasse Antoine Costa qui se tient à côté de Dominique Leca. Caméra 27, 9 h 19 : la forme en kaki et léopard rejoint le tabac-presse du Hall 1.

Les poings de Kathy se rétractent, le corps déstabilisé, à la recherche d'une riposte.
– Ah ! Ce jour-là ? Je m'étais engueulée avec Michaël, j'voulais prendre l'avion pour retourner chez ma mère... Et puis, j'ai laissé tomber.
Tant qu'il n'y a pas K.O, on peut combattre. Elle ne ment

pas à Fast&Furious, pas plus qu'à Michaël. Le 5 décembre, elle l'avait bien menacé de rentrer à Bondy.

– Changement de programme ? C'est plus *Le Parrain*, c'est *Maman, j'ai raté l'avion* ? Tu me prends pour une brèle ?

Le lieutenant Joly commence à avoir le dessus sur la matonne. Il fait craquer ses phalanges et jette un œil crâneur à son adjoint, fier de sa répartie cinéphile.

– Mon mari va vous le dire, on se dispute souvent. J'arrête pas de vous dire qu'il sait rien de mes affaires.

Penchée en avant, Kathy place ses poings devant son visage. Ce n'était pas la première fois qu'ils s'engueulaient. Pour le 5 décembre, cela avait été un alibi idéal dont il se souviendrait. Il était affolé dès qu'elle menaçait de le quitter. Ces moments-là restaient gravés en lui. La panique le tenaillait pendant des semaines et même des mois. Il lui répétait alors en boucle qu'il l'avait dans la peau, la couvrait de petits cadeaux et d'attentions et lui serinait qu'elle était la femme de sa vie, sa princesse, son héroïne. Qui pourrait quitter un homme qui vous regarde comme ça ! Se dénoncer, c'est livrer le Kabyle et libérer Michaël.

– Et là, comme par hasard, tu croises quelques amis ?

– On finit par connaître les voyous...

– C'est vrai qu'avec eux tu es assez... comment tu as dit ? Amicale ?

Kathy hoche la tête, ses pieds sautillent dans les bottes sans lacets, tentant un pas de côté pour sortir de la zone d'attaque. Qu'est-ce qu'elle peut avouer sans enfoncer le Kabyle et protéger Michaël ?

– Et pour le tube ? Pour savoir quand Antoine Leca rentrait à Marseille pour retrouver sa cellule à Luynes ? T'as touché quoi ?

Les chaussures de Kathy stoppent leur danse, non pas pour s'arrimer au sol et se préparer à lancer le poing, mais pour ne pas tomber. Ses bras glissent dans le vide, ses mains ballotent contre le métal tiède des pieds de la

chaise. Elle n'a pas vu venir le coup. Ils ont décrypté les messages échangés avec le PGP.
– Alors, Mafiosa ?
– J'connais pas la grille tarifaire des assassinats.
Kathy ne peut s'empêcher de décocher une réplique cinglante pour conserver sa position au milieu du ring. Laure en est médusée. Assise à côté de la porte, elle retient son souffle. Seule sa peau semble respirer. Par tous les pores. Son visage nu encore sous le coup d'un violent démaquillage.
Dès que l'OPJ a raconté la fusillade de Marignane, l'avocate a saisi que, pour les enquêteurs, les assassins ne pouvaient qu'avoir été informés. La Laura Ingalls des champs d'immeubles de Seine-Saint-Denis, la Buffy de Bondy avide de liberté, la lycéenne amoureuse d'un ersatz de MacGyver, la matonne qui cite *Mafiosa* en boucle, la surveillante séduite ou manipulée par un caïd est l'héroïne d'une affaire de grand banditisme. Malgré elle ou pas. D'une bise amicale à Antoine Costa, Kathy a désigné l'homme à abattre à un assassin. Laure imagine les titres des journaux -« La double vie de la matonne », « Baiser de la mort à Marignane ». Elle ne sent même plus, dans le sac à main posé contre sa cheville, le téléphone qui vibre de colère, rempli de SMS de Philippe et de messages du cabinet. Ce n'est pas de là que vient la décharge électrique qui secoue Laure, mais de se projeter dans l'instruction et le procès, de s'imaginer plaider l'emprise ou une forme de folie, de saisir que sa carrière de pénaliste et un nouveau chapitre de son existence commencent ici.
– Une somme à six chiffres, peut-être ?
L'OPJ bluffe ou dispose déjà de toutes les informations. Kathy opère un mouvement de recul comme si le sac de frappes lui revenait en pleine figure. La masse du lieutenant se trouble, elle ne voit plus que les yeux du Kabyle sur elle. Bleus, gris ou verts ? Ne pas connaître la couleur de ses iris lui est insoutenable. Il ne la regardait

pas. Ceux marron de Jade et Lisa se superposent. Interrogatifs. Ceux de Michaël la supplient d'arrêter de se prendre pour Mafiosa. Kathy baisse la tête.

– Michaël n'a rien à faire dans cette histoire. Je parlerai quand il sera rentré à la maison pour s'occuper de nos filles.

Rémi Adréani
En principe, Tino devait tenir 10 rounds
pour toucher sa bourse. C'était dans le contrat.

Sandra Paoli
Il n'a pas tenu.

Rémi Adréani
Non.

CHAPITRE 27

Qu'est-ce qu'elle connaît des prisons pour femmes, Kathy ? Ce qu'elle a en vue dans *Orange is the new black*, c'est tout. Les aventures carcérales de Piper, Alex, Red et Sophia. Leur basculement dans un monde sans lendemain. Leur lutte pour survivre. La violence entre elles. Les têtes de Turc qui tournent. Les histoires d'amour. La peur de la maladie. La crasse des douches. Qu'est-ce qu'elle connaît vraiment de la réalité ? Sauf que la fiction en est bien loin. Elle n'est qu'un bonbon acidulé qui pétille un moment, plus ou moins long, avant de disparaître.

Ses collègues, Assia et Corinne, lui ont raconté les quartiers femmes à Fleury, à la maison d'arrêt de Bourges ou au centre de détention de Riom. Les taulardes ne portent pas d'uniformes orange, ne couchent pas dans des dortoirs, n'ont pas de self et les surveillants qui y sont affectés ne sont que des femmes. Sauf chez les gradés. Et les gradés, c'est pas toujours la crème ! Il suffit d'assister à une imitation d'Assia du directeur de la prison de Riom pour s'en convaincre. Elle écarquille les yeux, ouvre grand la bouche, la ferme en cul de poule, articule chaque syllabe, leur laisse imaginer la rangée de détenues qu'il réunissait pour leur donner une leçon de savoir-vivre et leur demander de faire plus attention à leur vocabulaire. Ça aurait fait un bon personnage d'*Orange is the new black* ! Kathy en est certaine. Ou, peut-être, a-t-elle confondu une anecdote de sa collègue avec un épisode ? Corinne, elle, était intarissable sur son expérience à Fleury et à Bourges. Elle a toujours une histoire du soir qui leur vrille les boyaux. Pendant leurs permanences nocturnes, elle raconte les moments où le décompte des heures n'arrive pas à rendre supportable la somme des journées à venir, où le crépuscule fait disjoncter les cerveaux, où on sait que l'aube ressemblera à la nuit.

Il y a l'histoire de cette prisonnière sans problème qui hurle à la lune. Celle de cette ancienne fumeuse qui pète les plombs et se met à brûler à coups de cigarette le visage de sa codétenue qui grillait clope sur clope. Celle encore de cette quinquagénaire ordinaire qui avait découpé en morceau sa meilleure amie. Elles frémissent plus qu'elles ne rient de ces femmes sans histoires, comme vous et moi, qui dégoupillent et font exploser leur monde.

– Jamais, je retourne travailler dans les quartiers femmes. Jamais, concluait Corinne.

– On pourrait gagner un pactole comme scénariste, enchainait Kathy en frétillant d'excitation.

Il fallait contacter Netflix ! Si elle avait su écrire et inventer d'autres vies, ça aurait certainement changé la sienne.

Corinne a respiré quand elle a été affectée à Luynes, chez les hommes. Cheveux d'un blond court peroxydé, ongles rouges et toujours manucurés, elle ne supportait plus les problèmes d'hygiène des détenues. La toilette au lavabo que beaucoup préfèrent aux douches froides et aux jointures moisies. La féminité perdue avec la liberté. Les cheveux dont le souvenir des colorations s'éteint, petit à petit, jusqu'aux pointes. Et puis plus rien. À la longue, c'est dans leur solitude qu'elles sont enfermées. Elles n'ont pas les mères, les légitimes ou les maîtresses qui viennent leur rendre visite avec des cabas pleins, comme ici. Leurs mecs les oublient vite. Kathy se promet d'écrire tous les jours à Jade, Lisa et Michaël pour conserver l'unité familiale au-delà des murs. Avec Corinne et Assia dont les cheveux embaument l'huile de coco, Kathy échange des trucs pour éviter que leurs peaux exhalent la puanteur de la prison.

Si elle est inculpée pour double homicide volontaire, à combien d'années pourrait-elle être condamnée à porter cette odeur?

Prise en étau entre les piles de dossiers et les armoires, le bureau de Fast&Furious paraît à Kathy de plus en plus étroit. Elle attend de sortir d'un engrenage qui ressemble à un enchainement sur Netflix quand le nouvel épisode se lance, le précédent terminé, ne laissant aucun répit, poussant à plonger dans la suite. Même emprisonnée, même de loin, elle va s'en libérer pour se rapprocher de son mari et de ses filles.

La voix de la commis d'office lui semble à peine audible. Elle l'entend, en sourdine, poser des questions sur le procès-verbal, s'assurer que les auditions ont bien été filmées, flairer le vice de forme. « Affaire criminelle ». Voilà tout ce qu'elle saisit, Kathy. Les mots dansent comme dans un dialogue sans le son, non sous-titré. Une saison qu'elle découvre sans lien avec les précédentes, la fin d'épisodes qui ne ressemblent pas à ceux dont elle rêvait.

Obligée de se taire pendant les interrogatoires, prisonnière des règles de la GAV qui ne lui permettent que d'être un témoin silencieux, l'avocate se dépouille de son rôle de commis d'office pour prendre les choses en main. Les intonations de sa voix toujours entrecoupée de ses insupportables pauses semblent plus intenses, à croire qu'une colère affleure. On dirait que c'est son tour, le moment où elle va enfin cesser de faire de la figuration.

– Vous désirez que je vous défende ?

La femme dont le visage est rouge et écorché, mais plus franc qu'hier, lui tend une poignée franche en lui rappelant son nom à la sonorité ridicule. « Laure Faure ». Surlignés par des cernes marqués, les yeux de Maître Laure Faure, évoquent à Kathy -c'en est étonnant- ceux des détenus qui descendent du fourgon

à Luynes. Le regard fiévreux du basculement, quand ils comprennent qu'ils ne peuvent plus faire machine arrière.
– Vous vous occupez de mes filles et vous sortez Michaël de là !
Plongeant vers ses poignets menottés, les épaules de Kathy se font implorantes. Laure lui effleure le bras. Un geste qui se veut rassurant autant pour sa cliente que pour elle-même.
– Vous pouvez me faire confiance.
Fast&Furious ne laisse pas à Laure le temps de s'interroger sur un élan qui lui est peu commun, il hurle dans le couloir sombre du commissariat.
– Putain si j'attrape, celui qui les a tuyautés.
Le lieutenant était presque serein ce matin. La garde à vue a été rondement menée, il en a oublié ses emmerdements, son ex-femme et le petit, sa hiérarchie qui se couvre et le préfet qui, à coup sûr, va faire le beau avec cette affaire. Et voilà que les fouille-merdes font le pied de grue devant le commissariat. Il allait être tranquille, là.
Heureusement, l'avocate a passé la seconde et sort un foulard de son sac pour que Kathy se cache le visage. Le jeune flic saisit la surveillante défroquée. Son biceps ne se gonfle même pas sous l'étau de la main. Il comprime le bras ballant et sans résistance pour se protéger de la hargne du lieutenant. Le soleil s'abat sur le béton du parvis et brûle la tôle du fourgon qui attend la femme mise en examen. Cachée sous le foulard trop fin, au parfum trop lourd, Kathy est surprise par la caméra de la télévision régionale, figée par l'objectif d'un photographe, tout autant que le jeune flic qui se raidit. Les projecteurs sont braqués sur elle. Mais ce n'est plus ce qu'elle désire.

Ange-Marie Paoli
Tu as fait ton devoir.

Sandra Paoli
Mon devoir ?

Ange-Marie Paoli
Ton devoir d'avocat. C'est le devoir des avocats de faire sortir les innocents de prison.

Sandra Paoli
Peretti est une ordure. Il est coupable. Il faut qu'il paye.

Ange-Marie Paoli
Qui est coupable ? Qui n'est pas coupable ? Toi ? Moi ? Peretti ? Coupable aux yeux de qui ?

CHAPITRE 28

La batterie est passée au rouge, le téléphone s'est épuisé à vibrer.

– Éprouvant, hein ?

La mâchoire du lieutenant Joly se décontracte. Sans l'effet tenseur, ses traits accusent la fatigue. Au moins autant que son tee-shirt et son jean. Il découvre à quoi ressemble Laure Faure. Elle était transparente jusqu'à présent, un porte-manteau de fringues luxueuses. Il faut dire que, pendant les gardes à vue, il évite d'observer les avocats et toute source d'emmerdements avec eux. Kathy déférée au parquet, il se détend. Nickel, il pense. L'ordinateur n'a pas planté, sa hiérarchie ne l'a pas encore saoulé, il en a presque oublié le reste, l'épuisement, l'appartement vide et le sac à linge sale plein. Il frôle du regard le petit haut de Laure dont la couleur lie-de-vin lui inspire la générosité d'un Languedoc. Il lui ferait presque de l'œil, même s'il a plutôt envie d'une mousse à cette heure-ci ! Le col en V annonce la rondeur de la poitrine et son attention furtive dégringole entre le creux des seins. Il se dit qu'il doit avoir la dalle pour se laisser aller à mater une avocate. D'autant qu'elle doit flirter avec les cinquante balais.

– Passionnant !

Laure place la main sur son décolleté, moins pour le couvrir que pour calmer son cœur qui tambourine. Il cogne contre sa cage thoracique comme une dernière volée de coups contre un obstacle qui va céder. Elle jauge le lieutenant. Baskets à la couleur d'origine indéfinissable. Cheveux mal coupés. Traces de barbe rendant improbable toute relation sérieuse avec un rasoir. Si elle se sépare de Philippe, si elle abandonne le cabinet Faure, si elle cesse de se soumettre au regard de leurs amis aixois, serait-ce le genre d'homme qui la regarderait ?

Le creux de ses reins s'enflamme. Un élan de désir. Pas pour Joly. Pas plus pour Philippe. Pour une femme entre Laure et Laurence. Un appétit venu de loin. Quitter son mari la déchire. Rester auprès de lui serait s'effacer définitivement. Elle ne peut plus l'aimer pour l'identité sociale qu'il lui offre. C'était énorme. Ce n'est plus assez.

– C'est une belle affaire pour vous, non ?

Laure lâche le téléphone dans son sac. Il échappe à sa place, la poche latérale où elle le range, coule au fond, étouffé entre le carnet de notes, le portefeuille et la trousse à maquillage. Elle renvoie un sourire au lieutenant Joly qui a pris un air bonhomme, presque sympathique. Ses tonalités marseillaises sont moins marquées. Il a dû les forcer depuis hier pour rendre les auditions plus pénibles à Kathy, matraquer son accent parisien et lui infliger le sentiment de n'être qu'une étrangère ici.

Il trifouille dans la poche de son pantalon et en sort un paquet écrasé de bonbons. Il lui tend les Haribo. Sourire aux lèvres, Laure penche la tête en quête d'un rouleau noir dans la compression de couleurs plastiques. Elle ne peut s'empêcher de regarder sa montre. 11 h 25. Ce n'est pas une heure pour les sucreries ! Elle ne grignote jamais entre les repas, c'est un de ses principes. Sa main hésite.

– Vous aimez pas ? J'adore les crocodiles depuis que je suis minot !

Laure rit d'elle-même. Elle a posé une bombe dans sa vie sociale, va dynamiter son mariage, tuer Laure et elle voudrait encore s'infliger des règles sur les gourmandises ! Elle plonge les doigts dans le sachet, se délecte de la sensation collante de la gélatine sur laquelle ils rebondissent pour atteindre tout au fond, le bout de réglisse qui la tente.

Caroline Ingalls
Il n'est pas le premier à apprendre à devoir repartir de zéro. Ils apprendront. Comme nous !

Charles Ingalls
C'est vrai, comme nous !

Caroline Ingalls
J'ai un peu de café au chaud…

Charles Ingalls
Excellente idée !

CHAPITRE 29

Une spirale hypnotique. Voilà à quoi ressemble le rouleau de réglisse qui s'enfonce dans le creux de la main de Laure. L'odeur poivrée l'envoie se recroqueviller dans l'enfance. Assise devant le volant, elle ne pense pas à démarrer, pas même à mettre le contact pour déclencher la climatisation. Son corps se liquéfie et n'en finit pas d'exsuder les souvenirs, son vêtement n'est plus qu'une vieille peau collée à elle.

Elle se shoote aux effluves cuirées des sièges en une tentative stérile d'échapper aux réminiscences olfactives. Son cerveau se laisse ramollir par la chaleur de l'habitacle bastonné par les rayons du soleil. Elle tire avec les dents le bout du Rotella. Une joie enfantine la saisit avec le goût presque violent qui emplit sa bouche. La douceur sucrée lutte avec l'amertume. La sensation anisée l'apaise.

La peau imprégnée d'anis et de taches tenaces de mélasse de sa mère, rentrant de l'usine Haribo, lui revient. Un élan de tendresse la pique et chatouille sa nuque.

Elle déroule, un peu plus, le fil de réglisse. Un noir semblable aux cheveux d'Anita qui les décolorait en blond. La petite Laurence s'attristait qu'elle le ternisse ainsi. Laure avait écarté Anita de sa vie, comme on s'use à teindre, sans répit, des mèches trop foncées. Mais il est plus difficile encore de faire disparaître sa mère et son identité.

Il y a près de 30 ans, après le refus de l'officier d'état civil, puis celui du procureur de la République, elle avait plaidé jusque devant un juge aux affaires familiales pour sectionner une partie de son prénom comme on le fait d'une branche malade. Elle avait effectué les démarches seule, portée par la conviction que, pour effacer l'empreinte du quartier de la Cayolle, il fallait supprimer Laurence.

Être condamnée à rester Laure à perpétuité la foudroie. Le chemin abrupt qui cherche à s'afficher dans son GPS interne est plus enviable.

Elle laisse fondre sous son palais le dernier bout du Rotella. Sa gorge nouée se détend. Un flot de pensées amères la submerge. Ses enfants n'ont jamais affectionné la texture piquante de la réglisse. Elle-même avait oublié qu'elle l'adorait. Louis et Edgar la connaissent si peu !

Elle, elle aimait les bonbons Haribo. Elle les a bannis tout comme l'huile des fritures espagnoles, le café qui chauffe la journée entière sur la gazinière, les mains qui s'agitent autant que les mots pour se parler, le bonheur onctueux de *La petite maison dans la prairie*, la morale réconfortante de *Columbo* et le théâtre classique de Madame Granger. Elle aimait sauter en tee-shirt ample et tongs dans les calanques, elle ne sait plus se mouvoir sans être apprêtée, engoncée dans une allure qu'elle a caricaturée. Elle ne se montre à ses fils les cheveux lâchés que lorsqu'elle revient de chez le coiffeur où ils ont été lissés.

Elle les détache avec douceur, laboure les racines de ses doigts pour leur rendre leur liberté. Leur masse décomprimée occupe toute la place dans le miroir du rétroviseur qui lui renvoie un visage délavé. Elle scrute ses traits sans maquillage, traque les indices de ses origines qui descendent de l'Espagne à un point indéterminé d'Afrique du Nord.

Elle observe ses lèvres dont la ligne s'est estompée un peu avec l'âge, surtout à force de garder le silence. Elle s'est tue sur tellement de choses. Elle n'a jamais expliqué à Anita pourquoi elle n'invitait pas dans sa vie aixoise la Cayolle, sa mémoire de fille d'immigrés, une mère ouvrière et encore moins un père inconnu. Elle n'a jamais osé lui avouer la peur panique de donner une place à sa maigre famille dans l'existence qu'elle s'est construite. Elle a aspiré au fond d'elle, dans une eau noire comme la mélasse de l'usine Haribo, son ancienne peau.

Le fourgon est parti, depuis un temps indéfini, avec Kathy résignée à passer de l'autre côté des barreaux. Laure se décide enfin à mettre le contact. Elle s'engage sur l'avenue de l'Europe. Par habitude, elle met le clignotant pour tourner à droite en direction du centre-ville, remonter entre la bibliothèque Méjane, le théâtre, et rejoindre son monde via la place de la Rotonde et sa monumentale fontaine.

Elle tente, au feu rouge, de retrouver son portable perdu dans les replis du sac pour écouter les messages. Appeler Philippe aussi. Le préparer à tout lui dire. Elle s'énerve, puis renonce.

Sur sa gauche, dans l'enchevêtrement des allées bordées d'immeubles, émerge l'autoroute qui relie la ville à Marseille. Ses mains sont moites sur le cuir. L'Austin cale alors que le feu passe au vert. L'insulte des klaxons et le majeur levé d'un conducteur qui la double lui reprochent d'avoir eu son permis dans une pochette surprise, d'être une gonzesse au volant, peut-être même de ne pas avoir le numéro de portable de sa mère. Elle connaît encore par cœur celui de son fixe. Elle ne l'appelle jamais, elle lui adresse un courrier, de temps à autre, une photo des garçons. Une preuve de vie. Un relent de réglisse, juste l'amertume, surgit, nauséeux.

– Je t'emmerde ! Connard !

Elle gueule par la vitre baissée au chauffard.

– Je t'emmerde !

Elle rugit une nouvelle fois. Le brouhaha explose en elle. Plus fort encore que son cœur arythmique depuis que sa route a croisé celle de Kathy. Un bruit sourd

devenu un éclat. Intense. Sonore. Puissant.
– Je t'emmerde.
Elle crie en riant à gorge déployée. À perdre haleine.
La voiture vire fermement à droite pour rejoindre l'A1 qui conduit à la Cayolle. Laure et le fantôme de Laurence se délectent déjà du goût du café d'Anita, de la lumière du rond noir dans la tasse blanche en Pyrex. Elle bouillonne du désir de tout déballer, de parler vite, de délier ses gestes, de laisser son corps prendre ses aises sur la chaise de la cuisine, de reconquérir ce qui l'animait. La fureur de se battre pour ce qu'elle voulait défendre l'inonde. Elle brûle d'accompagner sa mère dans les calanques de Sormiou, de lui raconter l'horizon rêvé dans lequel elle s'est noyée pour tourner le dos à la roche grise et au béton. Elle a envie de se jeter dans la mer et de nager.

EPILOGUE

Maître Laurence Garcia
57, rue Delanglade
13006 Marseille

Riom, le 24 octobre 2021

Maître,

Je vous remercie d'avoir rendu visite à Michaël et à mes filles à Vitrolles. Elles sont toujours en colère contre moi, surtout Lisa. Mais je suis soulagée que Michaël se motive pour travailler, même si pour l'instant il ne trouve que des boulots en intérim. Il est content que je puisse compter sur lui. Il ne me l'avoue pas , mais je crois qu'il en est fier.
Dites-lui encore de ne pas s'inquiéter pour moi. Je sais ce qu'il faut faire pour tenir le coup. J'ai de l'expérience ! Je sors au maximum de ma cellule, je fais du sport tous les matins et je prends des médicaments pour dormir. Le plus difficile est de ne pas savoir quand je vais être jugée.
Être condamnée ne me fait pas peur, je veux juste rester le plus proche possible de ma famille. J'écris à mon mari et à chacune de mes filles tous les jours. À force de leur dire que, même loin, je suis avec eux, ils finiront par le voir.
J'attends votre visite en espérant des nouvelles de l'instruction.
Cordialement,

Kathy Andrieu

Remerciements

En octobre 2019, deux pages du *Monde* m'ont aimantée. De *La double vie de Cathy la « matonne »*, article signé Antoine Albertini et Ariane Chemin, est née Kathy. Le K fait la différence. Il ouvre les guillemets de la fiction et des libertés qu'on prend à partir d'une coupure de presse et d'un bout de quête de vérité.

Au fil des mois, j'ai navigué entre des réalités et les histoires qui imprègnent chacun d'entre nous. J'ai plongé dans les récits d'infiltration d'Arthur Frayer (*Dans la peau d'un maton,* Fayard) et de Valentin Gendrot (*Flic,* Les éditions Goutte d'or). J'ai avalé des dizaines d'épisodes de séries télé. J'ai revu *Le Magnifique* et recherché les commentaires diffusés à la radio au moment de la disparition de Jean-Paul Belmondo. J'ai lu et relu *A la Santé* de Guillaume Apollinaire qui tournait tel un ours dans la fosse de la prison. « Le ciel est bleu comme une chaîne », un de ses vers troublants, m'a frappée et inspirée. Et puis, j'ai écouté en boucle *Heroes* de David Bowie. Parce que *We can be heroes, for ever and ever. What'd you say ?*

Je tiens à remercier ceux qui ont pris le temps de me parler de leur métier et de leur quotidien. Ils m'ont soufflé des images, des mots et des anecdotes.

Merci à David Moutel-Gros professeur des écoles en maison d'arrêt et à Aziz Boussaad, surveillant de prison. Nos échanges ont nourri mon travail.

Merci aux avocates qui m'ont raconté avec passion leurs parcours, les cabinets, la robe, les tribunaux, les commissariats et la détention. Merci à mes chers Maîtres Marie-Laure Bouze et Emilie Lenglen avec qui j'ai la joie de partager des cafés depuis longtemps ! Merci à Alexandra Bourgeot et Rosa Alaimo, brillantes pénalistes, pour leurs explications sur les procédures et le déroulement d'une garde à vue. Merci à Rosa, pour la relecture attentive du manuscrit, et à Alexandra pour sa présence.

Merci à Maître Marie-Dominique Moustard d'avoir pris le temps, avec enthousiasme et humour, d'échanger et de détailler le cadre des commissions d'office au barreau d'Aix-en-Provence.

J'ai eu la chance de ne pas avancer en solitaire pendant la phase d'écriture.
Je pense à Nathalie Longevial qui fréquente Kathy et Laure depuis les premiers mots. Merci pour nos lectures croisées, nos vendredis et l'indéfectible soutien.
Je pense à Constance Joly qui m'a accompagnée avec précision, douceur et bienveillance. Merci d'avoir fait grandir ce roman.
Je pense à Jean-Philippe Lafont qui m'a écrit un dimanche soir que mon manuscrit l'interpelait. J'ai aimé cette façon de dire qu'il souhaitait le publier. Je remercie Florence Franc et l'équipe des Éditions La Trace de le faire exister.

J'ai aussi la chance que ceux qui m'encouragent soient nombreux. Surtout quand le doute rôde autour de moi. Merci à chacun d'entre vous et, tout particulièrement, à Gilles, Nils, Charlotte et Alice.

Merci à vous, chers lecteurs. N'oubliez pas, au fil des pages, que toutes les existences en s'écrivant deviennent en partie imaginaires et que bien des fictions s'entremêlent à nos vies.

De La Même Auteure

Les garçons russes ne pleurent jamais
2023

Hurler sans bruit
2018

ÉDITIONS
LA TRACE

1ère édition
Dépôt légal Janvier 2024
Achevé d'imprimer en Union européenne